町の灯《あか》り

女だてら　麻布わけあり酒場10

風 野 真 知 雄

幻冬舎時代小説文庫

町の灯《あか》り

女だてら　麻布わけあり酒場10

目次

第一章　大塩の夜　9
第二章　一夜明けて　62
第三章　鳥居の秘密　110
第四章　小鈴の逆襲　167
第五章　謎だらけの飲み屋　211

女だてら　麻布わけあり酒場

主な登場人物

小鈴《こすず》
麻布一本松坂にある居酒屋〈小鈴〉の女将《おかみ》。十三歳で父、十四歳で母と生き別れた。母の志を継いで「逃がし屋」となる。

源蔵《げんぞう》
〈月照堂《げっしょうどう》〉として瓦版《かわらばん》を出していたが、命を狙われ休業中。星川の口利きで岡っ引きとなった。

日之助《ひのすけ》
蔵前の札差《ふださし》〈若松屋《わかまつや》〉を勘当された元若旦那。「紅蜘蛛《べにぐも》小僧」と呼ばれる盗人《ぬすっと》の顔を隠し持つ。

星川勢七郎《ほしかわせいしちろう》
隠居した元同心。源蔵・日之助とともにおこうの死後、店を再建する。小鈴を守るために敵と相討ちし、命を落とした。

大塩平八郎《おおしおへいはちろう》
幕府転覆を目指す集団の頭《かしら》。以前に大坂で乱を起こしたが失敗した。

橋本喬二郎《はしもときょうじろう》　おこうの弟。大塩を支えている。

鳥居耀蔵《とりいようぞう》　南町奉行。幕府に逆らう思想を憎んでいる。林洋三郎《はやしようさぶろう》として〈小鈴〉に通っていた。

遠山金四郎《とおやまきんしろう》　北町奉行。町人に人気があり、鳥居と敵対している。

戸田吟斎《とだぎんさい》　小鈴の父。幕府批判の『巴里《パリ》物語』を著した人物だが、鳥居に論破されて信念を翻《ひるがえ》し、鳥居の側近となる。自ら目を突き失明した。

おこう　小鈴の母。お上《かみ》に睨《にら》まれた人が逃げられるよう手助けしていた。居酒屋の女将として多くの人に慕われていたが付け火で落命。

第一章　大塩の夜

一

大塩平八郎《おおしおへいはちろう》が引き起こした二度目の世直し一揆《いっき》。

これを一揆とか暴動などとは思わなかった人たちが少なからずいた——ということがのちに明らかになった。なぜなら、それがあまりに美し過ぎたからである。

二門の大筒《おおづつ》が何十発もの弾《たま》を発射した。あれも倹約、これも倹約と、みみっちい世の中にあって、なんとも豪気な大盤振る舞いではないか。

しかし、それはあまり大きな音を立てず、赤い炎が低い位置を横切って、大名屋敷の広大な庭の中でまるで花火のように炸裂《さくれつ》した。

「まあ、きれい」

思わずそう言った町娘もいたらしい。

「なんだか夢の中のような光景でした」

そう言った番屋《ばんや》の番太郎もいた。

火事を起こすための大筒の弾が花火に似ていただけでなく、行軍に一揆のような荒々しさが欠けていたのも、あとになって指摘された。

「それはやはり、大塩平八郎の人柄からきたものだろうな」

そう言ったのは、北町奉行の遠山金四郎《とおやまきんしろう》だった。

とはいえ、大塩平八郎の二度目の乱が、まるでうまくいかなかったわけではない。

当初、それはきわめて順調に進んだのである。

なにより、大塩らの動きは機敏だった。

大名屋敷に大筒から弾を撃ち込み、すぐさま移動する。

屋敷の者は、まずは火を消すのに右往左往し、下手人《げしゅにん》の追跡どころではない。

二人ずつ二手に分かれた荷車は、〈世直し一揆〉と大書したむしろ旗をひるがえしながら、飯倉、愛宕下《あたごした》から赤坂と、江戸の南を一回りし、いったんお濠端《ほりばた》で集合すると、四谷を目指した。

どこで千代田の城の外濠を渡るかは、途中どれだけの仲間が加わるかで、違ってくるはずだった。

「これは世直し一揆なのか？」

「いかにも」

「ならば、助太刀いたす」

「かたじけない」

浪人者《ろうにんもの》が次々に駆けつけて来ている。

これらの浪人者には、あらかじめ話がついている者もいた。これまでの水面下の動きのなかで、いざ、ことを起こしたときには、かならず駆けつけると申し出ていた者が、江戸市中に百人近く、散在していた。

そうした連中が、さっそく十人以上、来てくれたのである。

四人で動き出した行軍が、いまは三、四十人になった。

これで四谷あたりから浪人者や町人が大勢加わって、いっきに数を増やし、四谷御門を打ち破るというのが、大塩の計画では理想的なかたちだった。

そこから麹町《こうじまち》の旗本屋敷が立ち並ぶ一帯を駆け抜けていけたら、どんなに痛快だろう。

大塩平八郎は、ふくらみつつある行軍を眺め、

「橋本《はしもと》はまだか?」

と、最初から行動を共にしている仲間に訊《き》いた。

「まだですね」

「遅いな」

あの若い男に手こずっているのか。だが、橋本喬二郎《きょうじろう》は腕が立つし、くさり帷子《かたびら》も着込んでいる。よもや敗れるというのは考えにくい。

いまいちばん頼りになる仲間である。早く合流してもらいたい。

大塩は一瞬、不安に駆られたが、それを高揚した気分が追い払った。

——いまのわたしは無敵だ。

身体《からだ》が鋼《はがね》のように硬く、二回りも三回りも大きくなった気がした。口から炎でも吐きたいほど、腹に熱いかたまりがあった。

あの、大坂の日が甦《よみがえ》っていた。

加わった浪人者たちに荷車を押してもらい、大塩はその上に乗った。むしろ旗を高々と掲げて怒鳴った。

「世直しだぞ！」

「うぉーっ」

と、浪人者たちも叫んだ。

「一揆だ！　世の中は変わるぞ！」

「そうだ！」

前から御用提灯《ごようぢょうちん》の群れが現れた。

「蹴散らせ」

大塩は指差した。

「よおし」

浪人者たちが抜刀して、御用提灯の群れに突進した。

「うわあ」

たちまち小者《こもの》が数人、斬り倒された。

「引け、引け」

中心にいた同心《どうしん》が城とは反対のほうへ引いて行った。

「馬鹿め」

大塩はあざ笑った。たとえ引くにせよ、こういうときは守勢側を集結させるように引いていかなければならない。城の反対側に引けば、散らばっていくだけだろうし、報告もできなくなる。

――江戸の町奉行所もこの程度だ。

この勢いを阻むものは、どこにもなさそうだった。

二

そのころ――。

葛飾北斎《かつしかほくさい》は柳亭種彦《りゅうていたねひこ》と会っていた。用意も整ったので、明日には本所を出て、信州を目指すつもりだった。連れは娘の応為《おうい》ことお栄《えい》だけである。別れの挨拶をするほど親しくしている絵師はいないが、戯作者《げさくしゃ》の柳亭種彦にだけは会っておきたかった。

会ってみると、種彦は秋に実ったきゅうりのように元気がなかった。

下戸《げこ》の北斎が飲み屋に誘うというのもおかしなものだが、近所の煮売り屋に入り込み、銚子を向けながら訊いた。

「どうしたんです、冴えねえ顔して？」

「三日前、お城に呼び出されたんですよ」

「城に？」

「ご老中水野越前守《ろうじゅうみずのえちぜんのかみ》さま直々《じきじき》に叱られました」

種彦は、深刻そうに眉を寄せて言った。

「それはたいそうなことなのかね？」

「たいそうなんてものじゃない。だいたい、わたしはあんなお城の奥まで入ったのも初めてです」

「そうなのか」

柳亭種彦は御先手組《おさきてぐみ》の小十人組《こじゅうにんぐみ》に属するれっきとした旗本で、二百俵《ぴょう》をいただく身分である。ただ、戦もない、いまの時代の御先手組は、ほとんどすることもない。たまに将軍が出かけるときの警護に加わるくらいだった。

「ここが、そなたの戯作で舞台になっているところだ、よく見るがいいと、そう言われましたよ。わたしの『田舎源氏』を読んでいたのです」

「違ったかい」

「違いましたね。想像したよりははるかに重々しい。しかも、見るがいいと言われたって、そうそう見られるもんじゃない」

「見せたかったのかね？」

「そうでしょう。つまり、お城はお前が書いている薄っぺらな戯作とはわけが違う。将軍家をからかうにもほどがあると、そう言いたかったんですよ。くだらぬものを書きつづって、なにが面白いのだとね」

「ふうむ」

「金のためかとも訊かれましたよ」

「違うよな」

と、北斎は言った。

おれたちは金のためにこんなに苦労して浮世絵や戯作を書いているんじゃない。なにか書かずにはいられない不思議な欲求があり、それを自分が見たり読んだりしても得心がいくようなものにして世の中に出したい。もちろん、売れて金が入るに越したことはないが、それは第一義のものではない。

「違います」

と、種彦はうなずいたが、

「だが、一瞬、わたしはなんのために、あんなものをだらだらと書きつづってきたのだろうと、自分というものがわからなくなったんです」

「そりゃ、そういうときだってあるさ。ゆるぎない信念で書きつづけるやつのほうが、むしろ変なんですよ。そういうやつは、惚《ぼ》けたか、考えることをやめちまったやつだよ。おれたちは死ぬまで迷いつづけるんです。そんなことより、柳亭さん、あんたも旅に出たらどうですかい？」

「駄目ですよ。幕臣は命令や許しがなければ、勝手に江戸を離れることはできないのです」

「そうなのか」

「おかげ参りでも流行《はや》ってくれたら、それに乗じたりもできるんですがね」

「ここんとこ聞きませんな」

「わたしはもう駄目だ、北斎さん」

「なにを言うんです。あんたほどの人気作者だったら旗本の身分を取り上げられたって食っていけますよ」

「そうじゃない。わたしは戯作者じゃないんだ。よくわかったんです。わたしは旗本なんだ。だから、老中に叱られ、怒鳴られたら、心底恐ろしくなった。旗本の身分を剥奪されるのが怖いんです。幕府はやっぱり巨大ですよ。二百年以上もつづいてきた幕府には、容易には動かせない重みというものがあるんです」

「いいから、しばらくじっとしてるんだ。また、書く気が甦りますよ」

北斎がなぐさめても、

「北斎さん。誰もがあんたみたいな力を持っているわけではないですよ」

と、種彦は首を左右に振った。

「馬鹿言っちゃいけねえ。おれだって怖いんだ。だから、信州に逃げるんだ」

北斎もまた、気持ちの上ではかなり追い詰められていた。

版元に脅しが入り、北斎の絵の出版を妨げられるかもしれない。

そのときのために、版元を必要としない、直筆画の仕事を増やしつつある。直筆画であれば、欲しいという人に直接売ればいい。幕府の干渉が入る余地はない。

二人ともうつむきがちになっていたが、

――ん？

北斎は顔を上げた。

「どうしました、北斎さん？」

「いま、花火のような音が聞こえたんだ」

「花火？　あ、半鐘が鳴ってますね。だが、遠いですよ。ずうっと遠くです」

柳亭種彦は、力のない声で言った。

三

小伝馬町《こでんまちょう》の牢《ろう》の中で、蘭学者《らんがくしゃ》の高野長英《たかのちょうえい》が耳を澄ましていた。

「聞こえるよな」

「ええ、聞こえます」

三日前に入ってきた男が答えた。室町《むろまち》の大店《おおだな》の手代《てだい》だが、番頭と喧嘩《けんか》になり、殴って怪我《けが》をさせた。番頭はひどく怒っていて、「死罪にしてください」と奉行所に訴えてきているらしい。

聞こえているのは、半鐘の音である。半鐘の音などめずらしくもなんともないが、どうも方々で鳴っている気がする。

「南からだよな?」

「南でも鳴ってますが、西のほうでも」

そのうち、眠っていた者も起き出して、牢の中がざわつき出した。

「こりゃあ、ふつうの火事じゃねえな」

「ああ、同時に方々で火が出ているみたいだ」

皆、この火事を怪しんでいる。

――大塩さまが動き出したのだ。

長英はそう思った。期待に胸が躍った。

――もっと燃えろ。江戸の町を焼きつくせ。

町が焼けても、長い目で見たら、庶民はたいして困らない。困るのは、大名だの旗本だの、大店の商人だので、もともと掘っ立て小屋みたいなところに住んでいる庶民はどうということはない。むしろ、そのあと、仕事がいっぱい増えてありがたいくらいなのだ。

遠慮なく火つけをして、金が天下を回るようにすればいい。その機に乗じて、庶民が天下を取ってしまうのだ。

――あの、『巴里《パリ》物語』が出回っていれば……。

牢屋敷のあちこちでも、牢役人たちが動き回る気配がしてきた。

「おい、明かりをつけてくれないか」

長英が、遠くにいる牢役人に声をかけた。

「ちょっと待っておれ」

まもなく明かりが点《とも》された。

「火事が迫ったときは、いったん解き放ちになるはずでは？」

長英は牢役人に訊いた。

「いま、検討している。だが、まだ火は遠いな」

牢役人はそう言っていなくなった。

「高野さん。解き放ちとは？」

三日前に来た男が訊いた。

「牢から出して逃げさせるのさ。それで、ここなり、別の場所にもどって来させるんだ」

「そのまま逃げてもどって来なかったら？」

「そりゃあ獄門覚悟でやれるならな」

長英はそうするつもりだった。ここまで来ると、死罪はもうないだろう。だが、いつあるかわからない恩赦を待つのに疲れ果てていた。

四

赤坂からいったんお濠を離れ、武家地を進み、四谷の大通りを横切ったあたりで、

「大塩さま。人数が増えませんね」

と、最初からいっしょに動いている一人、高橋欽之助《たかはしきんのすけ》が声をかけてきた。

「ああ、そうだな」

まだ五十人からそう増えてはいない。

いい働きをしてくれる浪人者は何人もいる。

さっきも御先手組の大縄地を突破する際、数十人の武士と小戦があった。人の群

れの中に大筒で弾を撃ち込み、槍《やり》を構えて突進すると、御先手組はたちまち雲散霧消した。

こうした戦ぶりを町人や浪人者も見たはずである。

野次馬もあちこちで姿を見せている。〈世直し一揆〉の旗もはためいている。

それでも、この行軍には加わってこない。

「大坂とは勝手が違うな」

と、大塩は言った。

「そうですか」

「江戸の町人はおとなしい」

蜂起の気配がないのだ。

大坂の町人は、遊び半分でも、無責任な野次馬根性でも、騒ぎに乗じてやろうというところがあった。なかには、ただのかっぱらい、物盗《ものと》りの類《たぐ》いもいた。

いざ戦となれば、そういう連中は一目散に逃げ回った。

だが、そういう連中も加わったからこそ、数十人で始まった行軍が、たちまち千人近い暴徒の群れにまで膨れ上がったのだ。

こういうときは、枯れ木も山のにぎわいなのだ。

だが、この江戸の静けさはなんだ。

大坂の町なら、町人が五人いればかならず一人や二人いるお調子者。あの連中は頼まれもしないのに、方々に伝えてくれるに違いない。「いま、お城のそばで世直し一揆が始まってまっせ。なんや人が仰山加わって、大砲どがちゃか打ち鳴らして、たいそうな勢いでんがな」と。これで町も調子づき、「一丁やったろかい」という気運ができあがっていく。

それが江戸となると、お調子者はつねづね叱られてばかりいるせいなのか、野次馬ですら、眉をひそめ、はたしてこの世直し一揆は本物なのかと疑いを持っている気配がある。「火事と喧嘩は江戸の華」などと言いつつ、町人たちは意外にもの静かで、しっかりしているのだ。

「風がおさまったようです」

高橋が悔しげに空を見上げた。

よく晴れて、白い雲が動かずに浮いているのも見えた。

「まずいな」

「大塩さま。やはり武家屋敷は火つきがよくないのです。庭も広く、瓦屋根《かわらやね》だし、すぐに消火されてしまいます」

「だから、なんだ?」

「町人地に火をつけましょう。こっちは燃えやすい古い板だらけです。すぐに大火事になりましょう」

「駄目だ」

大塩はきっぱり却下した。

「なぜ?」

「町人たちの家々に火をつけてまわったと、かならずあとで噂になる。なんのための決起であったか、完全に疑われてしまう」

五

五合目の半次郎《はんじろう》は、赤坂御門に近い町人地の裏伝馬町にいた。今年はここの富士講の信者たちを富士に連れて行くことになっていて、その打ち合わせに来ていた。

すると、一刻《いっとき》（およそ二時間）ほど前から半鐘が鳴り出した。

「どうしたんだろう？」

「大火になるんじゃないか？」

長屋の連中が騒ぎ出した。

「ここは逃げ方を間違えると、火にまかれるんだ」

と、大家が不安げに言った。

「逃げ道が少ないのかい？」

半次郎が訊いた。

「ああ、前の御門の中には入れてもらえないし、裏は紀州《きしゅう》さまの広大な屋敷のせいで、一本道みたいになってしまってる。お濠端を右に行くか、左に行くかで運命は分かれちまう。この前の大火じゃ、ここの住人はずいぶん死んだんだ」

「そいつはまずいな」

半次郎は外に出て、町木戸のわきにつくられた火の見やぐらに飛びつき、途中まで上った。すでに上には番太郎がいて、半鐘を鳴らし出したところだった。

「どうだ？」

「方々で火が出てるが、そう大きくはならなそうだ。なんだろうな」

「あ、あれだ、あれだ」

半次郎は溜池《ためいけ》のあたりを見た。

荷車二台を中心に、一団がこっちにやって来るのが見えた。

案の定だった。大塩たちが、ついに動き出したのだ。

――できるだけ助けてやろう。

半次郎は長屋に引き返し、富士講の信者たちに向かって、

「なんだか世直し一揆が動き出したようだ」

と言った。

「世直しだって？」

「ああ。誰だっていまの幕府に不満を持ってるしな」

半次郎はさりげない口調で言った。

「そりゃそうだ」

「面白いことになりそうだ」

「どれどれ」

ぞろぞろと長屋の路地を出て、一団が見えるところに来た。

「あ、あれだ」

「おい、大砲撃ってるぞ。危ねえな」

「駄目だ、これ以上近づくな」

長屋の連中の足が止まってしまう。

ほかの町内の野次馬も来ていて、

「浪人者が騒いでいるみてえだ」

「だが、あれくらいじゃあっという間に捕まっちまうな」

まるで他人《ひと》ごとである。

「おいらは、なんだかうずうずしてきたぜ。加わろうぜ。いっしょに」

半次郎はそう言って、歩き出そうとした。

だが、長屋の者が半次郎の袖を摑《つか》んで、

「おい、御師《おし》さん、やめときなって」

と、笑いながら止めた。

「そうだよ。調子に乗って出て行くと、怪我するだけだ」

「せいぜい由井《ゆい》なんたらとかいった野郎の二の舞だな」

「由井正雪《しょうせつ》だろ。裏切りでたちまち御用だ」

反応はまったく盛り上がらない。

富士に登り、高みから自分の人生を見つめ直すということはできても、この幕府が行う御政道をただすというところにはいかないのか。

――従順なのだ。乱を欲しないのだ。

半次郎は、あらためて庶民の気持ちを思った。だが、そうしているうち、大きな力に呑《の》まれ、もっといい暮らしから遠ざけられていく。食行身禄《じきぎょうみろく》さまが説いた平等な世は、永遠にやって来ない。

――駄目だ。大塩さまのこの決起は、しくじるかもしれない。

半次郎は、大塩をふたたび逃亡させなければならないと思った。

六

大がかりな火つけ騒ぎのせいで、麻布坂下町《あざぶさかしたちょう》を縄張りにする岡《おか》っ引《ぴ》きの源蔵《げんぞう》も、番屋で町の治安を守るのに通りを眺めつづけた。

ここらは逃げまどう町人もおらず、火が出ているような武家屋敷もなかったが、火消しの衆が一の橋のたもとに集まり、いざ出火となればすぐに火元に駆けつける準備を整えていた。

——これは、あの大塩って人が引き起こしたのか。

源蔵はそう思いはじめた。

すると、〈小鈴《こすず》〉のことが気になり出した。

「ちっと一回りしてくるぜ」

番太郎にそう言って、急いで一本松坂を上った。

ちょうど小鈴が星川勢七郎《ほしかわせいしちろう》の遺骸《いがい》に取りすがっていたところだった。

「嘘だろう……」

「源蔵さん。星川さんが」

源蔵も膝をつき、星川の鼻先に手を当てた。だが、すでに息はない。

「なんてこった」

予想もしないことが起きた。悲しみより驚きが先に来て、声も出ない。

おこうの衝撃の死から三人で店を始め、おこうの娘の小鈴が女将《おかみ》になって、ようやく軌道に乗ったというのに。

——これはないだろう。

「え？」

小鈴がなにか言っている。

「なんだって？」

「星川さんが、この男と戦って。鳥居《とりい》耀蔵《ようぞう》の手先よ」

小鈴はわきに倒れている男を指差した。

「まずいな。そりゃあ、ひどくまずいな」

源蔵はようやく我に返った。鳥居耀蔵は、いまや南町奉行。その手先を斬ってしまったことになる。

これは誰かに見咎《みとが》められたくない。提灯の明かりが二つ、赤々とついているので、それらを急いで消した。

「なにがあった？」

「その男が、あたしの叔父《おじ》さんを追ってきたの」

「橋本さんは?」

「大怪我をして、二階にいる」

「小鈴ちゃん。星川さんの死を無駄にしないためにも、まだやらなくちゃならないことがある」

「なに?」

「まず、この野郎を斬《き》ったのが星川さんだと思われるとまずい。こいつを川に流して来なくちゃならねえ」

「手伝うわ」

「じゃ、まず、星川さんを店に入れよう」

二人で、店の土間に寝かせた。

「待っててね。星川さん」

それから、源蔵がもう一つの遺骸を背負った。

「若者は余計な肉がついてないから軽いもんだ」

小鈴が道案内するように前を歩いた。

火事騒ぎでちらほらと人が出ているので、声などかけられないよう、裏道を辿《たど》った。

一の橋と二の橋の中ほどで、若い男をそっと流れに入れた。身元が割れないよう、持ち物はすべて剝《は》ぎ、裸にしてある。夜のうちに海まで流れてくれたらいい。

それから急いで〈小鈴〉に引き返した。

星川の死に顔は、どことなく満足げだった。

星川の遺骸を前に、小鈴と源蔵はしばらく泣いた。

「どうする？」

「星川さんも墓なんかいらないって言ってたけど、母さんの墓、あるもんね」

「ああ、言わなかったけど、宗旨替えしてたと思うぜ」

「じゃあ、骨にして、いっしょに入れてあげる」

「日之《ひの》さんも怒らねえと思うぜ」

源蔵は、このところの日之助の気持ちは察しがついている。小鈴が好きな自分を認めたくないのだ。

もちろん日之助はこんな事態は知らない。

「これは、大塩って人がやってるんだろう？」

源蔵は二階を見上げながら、小鈴に訊いた。

「そうよ」

さっき、橋本を寝かせるときに聞いたのだ。

「世直し一揆が動き出したってつぶやいていた」

「動き出した?」

「でも、あたしは動き出さない気がする」

「ああ」

「たぶん皆、不満に思いながらも、大騒ぎすれば次にもっといい世の中が来るなんて信じていないんだと思う」

「そうだな」

「愛と自由と平等を元にした世の中が来れば、それがいいに決まってる。それを目指そうともしない人は、あたしはほんとに馬鹿か、あるいは人間を馬鹿にしている人なんだと思う。よっぽど、ひねくれたか、なにも考える力をなくしてしまった人なんだと思う。でも、まだ、機は熟していないよ」

「おれもそう思うよ」

「機が熟すためにすべきことはいっぱいあるのに、大塩さまたちは焦り過ぎている気がする。無謀な戦い方を他人に強《し》いたって、できるわけがない。すこしの努力を、小さな一歩をあゆませようとしないで」

小鈴は夢を見るように語っていた。

「あたしはする。そんなだいそれたことはできないけど、愛と自由と平等に向かって、すこしずつあゆんでいく。北斎さんが、鳥居から逃げながらも、富士の絵を描きつづけているみたいに。鳥居耀蔵になんかぜったい屈しない」

小鈴がそう言ったとき、

カタリ。

と、物音がした。

思わずハッとした。

二階から伝い歩きするように、橋本がゆっくり下りてきた。

「喬二郎叔父さん」

「わたしは出て行く」

「無理よ」

腿《もも》の傷はかなり深かった。ここに来るまで、ずいぶん血が流れたはずである。

「いや、行かなければならないんだ。しばらく横にさせてもらったおかげで、ずいぶん回復した」

止めたって聞かないだろう。

「だったら、ちょっと待って」

小鈴は急いで丼に飯を盛り、卵を二つとしょうゆを加え、かきまぜた。

「これを食べていって。精がつくから」

「わかった」

橋本は丼飯をかき込みながら、土間の遺体を見た。

「やられたのか、あいつに？」

「相討ちだった。あの男も死んだわ」

「相討ち！　あの男は強かったぞ」

「星川さんだって強かったのよ」

小鈴は強い口調で言った。

星川勢七郎は本当に強かった。毎日の鍛錬がちゃんとものを言ったのだ。いつだったか、五十何年も生きてきた男はそんなものなのかと、星川をなじったことがあった。あれは取り消して謝りたい。

飯を食べ終え、立ち上がろうとして、

「ん？」

橋本喬二郎はたもとを探った。

「どうしたの？」

「たもとに入れていた『巴里物語』がないんだ」

記憶を探るように目を遠くにやった。

「あいつと戦ったとき、落としたのかもしれない」

「でも、あいつも持ってなかったよ」

小鈴がそう言うと、源蔵もうなずいた。

運ぶときもちゃんと調べた。しかも、裸で流している。

「小鈴ちゃん。小鈴ちゃんが持ってる『巴里物語』はわたしに預けてくれ」

と、橋本喬二郎は言った。

「どうして？」

「この先、われらの決起が成功したあと、絶対に必要になるはずなんだ」

「でも、あれが原本なんでしょ」

「ああ」

「………」

小鈴はためらった。父が小鈴のために書いたわけではないが、あれは小鈴のもののような気がした。

この数年、いや、そのずっと前から戸田家を激動に叩き込んだ元凶。それは間違いなく『巴里物語』なのだ。父吟斎《ぎんさい》があれを書かなかったら、母も生きていただろうし、父だっていまのような境遇にはいなかったのだ。

「ここは、きっと鳥居によって家捜《やさが》しに遭う」

それは小鈴もありそうな気がする。

「わかった」

二階から持ってきて、橋本に渡した。

一瞬、やはり自分が隠し持っていたほうがいいのでは、と思った。

七

南町奉行所は、混乱のきわみにあった。

与力同心たちは、ほとんどが江戸市中に出払っている。

さっきまでは奉行の鳥居耀蔵まで市中に出張っていたため、各方面からの知らせをどこに伝えるべきかわからず、混乱はかえってひどくなった。

このため、鳥居は奉行所にもどり、玄関前で報告を聞くことになった。

いま、奉行所にいるのは、ふだんは裏の私邸にいる鳥居家の家来ばかりである。

こうした不測の事態にはまるで慣れていない。

「炊き出しをしなくていいのか？」

「何人分つくればいいのでしょう？」

「そんなことをわしに訊くな」

頓珍漢なやりとりもいきかっている。

こうした騒ぎは、日之助がいる牢のほうまで聞こえていた。

灯《ひ》がないので、真っ暗である。さっき思い出したように見回りに来た男に、

「なにが起きているんですか？」

と聞いたが、答えてはくれなかった。

いまから一刻半（およそ三時間）ほど前――まだ夕方だったころ。

隣の檻《おり》に誰かが入って来た。ひとりごとを言う声で、岡崎屋《おかざきや》らしいと見当がついたが、日之助はなにも声をかけなかった。金の卜伝《ぼくでん》などとわけのわからないことを言うので、鳥居が業《ごう》を煮やし、牢に叩き込みたくなったのかもしれない。鳥居の怒りを想像すると、日之助は声を我慢して笑い転げた。

だが、岡崎屋は夕飯が出る前に檻から出されてしまった。おそらく兄貴のほうが各方面に嘆願し、圧力をかけてもらったのだろう。

いまは真っ暗い中で、一人、横になっているしかない。

騒ぎのこともだんだんどうでもいいような気持ちになって、うつらうつらしはじめたとき、

「寝ているのか？」

と、声がした。

日之助の檻の前に、戸田《とだ》吟斎が来ていた。

真っ暗いままである。吟斎は盲《めし》いているので明かりを必要としない。

「ああ、なにか騒いでいるみたいですね」

「大塩平八郎が暴動を起こしているのだ」

「大塩さまが……」

やはり、そうだった。小伝馬町で会った高野長英がそう言っていた。だが、こんなときに大塩の騒ぎが重なるとは、予想していなかった。

これは吉と出るか、凶と出るのか。

「大塩の計画を知っていたのか？」

「いいえ」

高野のことも言ってはいけないだろう。

「小鈴はこの動きに協力したりしているのか？」

戸田吟斎は不安げに訊いた。

「いや、それはぜったいないと思います」

「なぜ？」

「小鈴ちゃんは、おこうさんと似ているから」

「おこうと？」

「小鈴ちゃんは、たぶん自分の考えを無理やり人に押し付け、犠牲を強いるような荒っぽいやり方は好まないでしょう。自然にそっちに向かうのを待つような、柔らかいところがあります。それは、おこうさんもそうでした」

「ああ、おこうはそうだったな」

「大塩さまが失敗し、逃げたいと言って来たら、小鈴ちゃんはきっと助けると思います。だが、こうした騒ぎに加担することはないでしょう」

「それで安心した」

吟斎はホッとしたように言った。

「あんた、武芸は？」

吟斎が訊いた。

「からきし駄目ですね」

身は軽い。腕っぷしも強いほうだろう。だが、喧嘩沙汰《ざた》などは苦手だし、人を殴ったりしたこともない。盗みに入るときも、短刀さえ身につけなかった。

「なぜです?」

と、日之助は訊いた。

「あんたのことは、ここから出してやる」

「そんなことができるのですか?」

「それは詭弁《きべん》を使ってでも、鳥居にそうしむけさせる。そのあと、わたしもここから出るつもりだ」

「あなたも?」

「鳥居耀蔵にはおそらく大きな弱みがある。それを小鈴に伝えたい。それが小鈴を鳥居から守ってくれるはずだ」

「弱みが」

「ぼんやりとだが、見当はついてきた。ここから出てそれを確かめたい」

「ぜひ、やってください」

「だが、鳥居は、いったんは出しても、わたしを始末しようとするだろう。わたしは鳥居のしたことを知り過ぎている。だから、その刺客から守ってもらわないといけない」

「わたしは武芸のほうは駄目ですが、仲間がいます。元同心の星川さんは相当腕が立ちます。岡っ引きをしている源蔵さんも腕っぷしは強いでしょう」

「だが、鳥居の甥《おい》に恐ろしく腕の立つ者がいるぞ」

「三人で足りなかったら、店に来る客たちがいます。小鈴ちゃんを助けるためと言えば、かならず力を貸してくれるはずです」

「わかった。では、そういうことで話を進める」

そう言って、戸田吟斎はいなくなった。

八

北町奉行の遠山金四郎は、牛込《うしごめ》の高台に来ていた。

南町奉行の鳥居耀蔵からは、月番でないのだから控えているようにと言われた。もちろん、鳥居の言うことなど聞くわけがない。

いっこうに気にせず、北町奉行所の与力同心と遠山家の家来から五十人ほどを選抜し、連れて来ていた。いざとなれば軍の兵士となって、一揆勢に襲いかかろうと

いた。

今宵《こよい》の騒ぎの首謀者が、大塩平八郎であることは、数々の報告ですぐに見当がつ
いう陣容である。

まず、火つけに使っているのが、花火に似た火の玉であること。殺された三宅新《みやけしん》
之助《のすけ》が最後、中川の近くで調べていたのは、花火の稽古をしていた大塩平八郎らし
き数人の武士たちだった。

また、今宵の連中は〈世直し一揆〉というむしろ旗を掲げているらしい。それも、
大坂での乱で、大塩が標榜《ひょうぼう》したことであった。

鳥居も、これが大塩のしわざであることはわかっているのだ。

——だから、なおさらおいらに手を出させたくないのだろう……。

あの男は、大塩をめぐる動きについて、なにか隠している。

「お奉行。連中は大筒を撃ちながら、こっちに近づきつつあります」

「なんてざまだよ、まったく」

と、遠山金四郎は吐き捨てるように言った。

「南の連中もだらしがないですね」

「あたふたし過ぎなんだよ。たかだか、大名屋敷の庭でボヤが出てるだけじゃねえか。しかも、屋敷の者が必死で消火に当たってるから、たいして広がりそうもねえ」

「曲者《くせもの》たちの手ぎわもよくないのでしょうか?」

「いや、そうじゃねえ。こういうときは、町人地から燃やしていくべきなのに、それをやらねえ。この曲者は、心やさしいぜ。やっぱり、首謀者は、大塩平八郎だ。大塩ってのは、いいやつなんだ」

「いいやつですか?」

遠山家の家来が苦笑して訊いた。

「ああ、いいやつなんだ。大坂の乱も、民のことを思ってやったことだった。それにひきかえ、鳥居の馬鹿野郎。与力同心が火の出たところに駆けつけるため、町中をうろうろしているだけだ。相手の動きをまったく摑んでいやがらねえ」

「そのようです」

「次から次に火をつけて回ってるんだから、こいつらを叩かなければ、きりがねえに決まってるだろうよ」

「何度か戦闘はあったようですが、撃破されたそうです」

「暴徒をまともに抑え込もうとするから苦労するんだ。暴徒を抑えるには、こっちも暴徒にならねえとな」

「と、おっしゃいますと？」

「助けに駆けつけた浪人者のふりをして、行軍に加わるのよ。それで、ケツのほうから一人ずつぶった斬っていくのさ」

「なるほど」

「おい、腕に自信があるやつだけおいらについて来な」

遠山はそう言って、袴《はかま》を脱ぎ捨て、髷《まげ》に指を突っ込み、かたちを崩すようにした。着流しで二刀。にわか浪人ができあがった。

「わたしも」

と、遠山家の家来や、与力同心のなかから、たちまち数十人が名乗り出た。

「いや、そんなにはいらねえな。十五人くらいの選抜で行こう」

お互いの腕のほどはわかる。

譲ったり、勧めたりして、十五人の部隊ができあがった。

「同士討ちにならねえように、肩に白い布を巻くんだ」

「わかりました」

家来が急いで布を用意した。

「この遠山金四郎のケンカ戦術を思い知らせてやるぜ」

遠山金四郎はそう言って、腕まくりをした。

肩のあたりから桜吹雪が見えそうになると、慌てて袖を下ろした。

九

大塩たちの行軍は、遠山金四郎が高台から見ていたように、四谷を過ぎ、市ヶ谷から牛込へと向かっていた。

四谷御門を破るには、人数が足りないと判断した。四谷、麴町あたりの町人地から加わってくれる浪人者や町人はほとんどおらず、倒されたり、途中で引き上げたりする者もいるため、五十人前後からなかなか数が増えなかった。

「外濠を回って、神田の昌平橋《しょうへいばし》を渡ろう。あそこは門がないのでかんたんに突入できる」

と、大塩は仲間に言った。

「ええ。神田あたりの江戸っ子なら、これに加わってくれる者もいるでしょうし」

ちょうどそこへ、

「大塩さま」

橋本喬二郎が追いついてきた。

「無事だったか。心配したぞ」

「申し訳ありません」

だが、橋本はひどく息切れをしているし、片足を引きずっていた。

「怪我をしているのではないか？」

「あの者がひどく腕が立ちまして」

「まだ追って来ているのか？」

「いや、小鈴のところにいた元同心と相討ちになったようです」

「そうか」

あの男が恐ろしく強いのは、大塩がよく知っている。ホッとした顔をした。

「神田から小伝馬町の牢屋敷に向かうことにした」

と、大塩は橋本に言った。

「ええ。ただ、火のつき具合がよくありませんね」

ここに来るあいだ眺めたところでは、燃え広がっているところはほとんどなさそうだった。

「そうらしいな」

「やはりある程度は町人地を燃やさないと」

「そなたもそう思うか」

「それは仕方がないでしょう。町人たちもいずれわかってくれるはずです」

「ううむ」

大塩は迷っていた。

「ここまで騒ぎになれば、皆、逃げ出す心構えもできています。それに、風も熄《や》んでますから、煙にまかれて死ぬ者もそうは出ないでしょう」

「わかった。では、神田の町を焼こう」

橋本の説得に大塩は折れた。

行軍はいっきに足取りを速めた。

途中の市ヶ谷田町の町人地には遠慮なく大筒を撃ち込んだ。たしかに、町人の家々は、積み上げた焚《た》き木《ぎ》のように、よく燃え上がった。

さらにお濠越しに番町に居並ぶ旗本屋敷に弾をぶち込むと、これも火つきはよかった。

「よし、あのあたりが混乱してくれると、神田あたりは警戒も手薄になるだろう」

大塩は、すこし遠慮し過ぎたかと、いままでの動きを反省した。

遠山金四郎は、いちばん後ろにいた浪人者に声をかけた。

「仲間ともどもお味方いたす」

遠山の後ろには四人ほど、着流しにたすきがけの浪人者がいた。

「よう、かたじけない」

「拙者《せっしゃ》は名は……」

「名乗りはあとだ。こんなとき、覚え切れぬ」

「わかりました」

いちばん後方のその男は、

「世直しだぞ。いっしょに暴れようぜ」

と、道のわきの家のほうに怒鳴った。

だが、町人たちは、高台のほうへと避難したらしく、道端には野次馬の姿も見当たらなかった。

「なにが世直しだ」

遠山が動いた。

抜いた刀を、その浪人者のわき腹に突き刺し、上下にえぐるようにした。

「ううっ、なんだ、きさま」

「北町奉行の遠山金四郎ってんだ。名乗らせてもらったぜ」

「なんだと」

男はこれを知らせようとしたが、足を払われ、倒れたところで喉を剣で刺された。

「悪く思うな」

遠山が倒した男を、周囲にいた家来たちがそっと道端に寝かせ、後ろに向かって手を上げた。

すると、新しく浪人者が一人、味方として加わってきた。

「よし。こうやって、だんだんおいらたちと入れ替わっていくぜ」

遠山金四郎は、闇のなかで嬉しそうに笑った。

神楽坂《かぐらざか》あたりでは、浪人者が四、五人加わってきて、行軍はわずかにふくれ上がったかに思えた。

大塩が異変に気づいたのは、昌平坂を下りはじめたころだった。

「なんだかおかしな気配があるぞ？」

大塩は立ち止まり、後ろを見た。

橋本も後ろのようすを窺《うかが》い、

「後方で斬り合いをしているようですね」

と、言った。

「まさか、同士討ちか？」

止めなければと歩き出そうとしたところに、

「大塩さま。敵です」

そう言いながら、味方が倒れ込んできた。ずっと行動をともにしてきた若者の一人である。

「しっかりしろ」

抱え起こすと、腹のあたりが血で濡《ぬ》れていた。

「敵だ！」

橋本が叫び、刀を構えた。

すぐ後方に敵が来ていた。

「撃て。大筒だ！」

大塩が命じ、大筒に弾が込められた。

大筒を後ろに向けた味方が、火は入れたが、

「駄目です。近過ぎて味方に当たってしまいます」

と、困惑して叫んだ。

大筒を横に向けようとしたとき、はずみで込めていた弾が転がり出て、それに火がついた。

荷車一帯が赤い炎に包まれた。手元で爆発してしまったのだ。

すぐわきの家にも火が燃え移り、煙が視界を濁らせはじめた。

「なんてことだ」

周囲は混乱し、行軍は完全に止まった。

「見つけたぞ、大塩！」

後ろからがっちりした身体つきの男が、刀を構えながら大塩に迫ってきた。

「なんだ、きさまは？」

「おう、大塩平八郎だな。後ろから助太刀するふりをして、どんどん片づけさせてもらったぜ。暴徒相手のケンカ戦術だ。悪く思うな」

やくざ者のような、乱暴な口調で言った。

「なにやつ？」

「北町奉行遠山金四郎ってんだ」

「遠山金四郎……」

すばやく周囲を見回すと、すでに味方は十人を割っているようではないか。

「なんてことだ」

気落ちしそうになるのを、自らを励まし、刀を抜いて、大塩は遠山金四郎と向き合った。自分の身体が怒りのあまり膨れ上がっているように感じる。遠山ごときは、小さく見えている。

「おうりゃあ」

遠山が先に斬りかかってきた。

まともな青眼《せいがん》の構えではない。やたらと身ぶりだけが大きいケンカ剣法である。

だが、刃に勢いがある。

受けた大塩の刀から大きな火花が散った。

「おりゃ、おりゃ、おりゃあ」

掛け声も凄《すさ》まじい。

押され、次に腹を蹴られた。

後ろに下がったところを突いてきた。くさり帷子はつけていたが、くさりの隙間からわき腹に刺さった。

「ううっ」

激しい痛みが脳天まで突き抜けた。

「大塩さま」

橋本が横から助けに入った。だが、身体は弱っている。

遠山の家来がわきから大塩に斬りかかった。

「ううっ」

大塩は肩を斬られた。なまじ斬り込みが浅かった分、肩の肉がごっそり斬り取られた。まるで肩が破裂したような痛みが走り、血が滝のように流れ出すのがわかった。

横に逃げようとすると、さらに遠山の家臣たちの剣が、次々に突き出されてきた。それはくさり帷子を突き抜け、ぶすぶすと大塩の腹に刺さった。

右手は昌平河岸《がし》である。

舟が何艘《そう》も係留されたままである。

「大塩さま。舟へ！」

橋本が叫びながら大塩の背を押した。

「逃がすか」

遠山の剣が橋本を襲った。

あやうくかわしたが、懐から『巴里物語』がこぼれ出た。

「しまった」

運悪く題字の書かれたところが開き、わきで燃える炎の明かりに浮かび上がった。

「『巴里物語』だと？」

遠山がそれを摑んだ。

「渡すものか」

最後の一冊である。すべては義兄が書いたこの書物から始まった。これが失われたら、いままでの自分の苦労もすべて失うことになる。多くの男たちがこの書物に刺激され、目を開かされたりしたけれど、いちばん強い影響を受けたのは、自分ではないか。

橋本は遠山に突進した。

遠山もその突進をかわし、刀を振るおうとしたとき、持っていた『巴里物語』がこぼれ落ちた。それは、足元で燃えていた荷車の炎の中に落ちた。

書物はたちまちめらめらと燃え上がる。

「しまった」

互いに拾い上げようとするが、手を伸ばせばその隙に斬られる。

揉《も》み合ううち、薄い書物はたちまち灰になっていくのがわかった。

「なんてことだ」

橋本は鳴咽《おえつ》するように呻《うめ》いた。

河岸のほうでは、大塩を逃がすための斬り合いがおこなわれている。

新たな一団が加わってきた。あいにく自分たちの仲間ではない。大塩が何度も斬りつけられているのが見えた。

橋本も遠山に腹を斬られた。元気なときなら負けるはずはないが、立っているのもやっとなほどである。逃げようとすると、背中を斬られた。

それでもどうにか、大塩が先に乗っていた舟の中に転がり込んだ。

大塩は、舟の中で突っ伏していた。

まずは、舫《もや》いを解き、足で蹴って舟を出した。

「追え、舟だ」

遠山が喚《わめ》いている。

だが、どうにかまだ残っていた四、五人の仲間が、河岸に立ちはだかって、大塩の舟が出て行くのを助けた。

神田川の流れは速く、舟は川の真ん中に出た。斬り合いの喧騒がたちまち遠ざかった。

「大塩さま」

声をかけたが返事はない。

介抱したいが、それよりこの舟で安全なところまで漕《こ》ぎ出さなければならない。

やっとの力で櫓《ろ》を漕いだ。

佐久間河岸を左に見ながら進み、右手の柳原《やなぎわら》土手が途切れるとすぐ、舟は大川に出た。幸いまだ追っ手は来ていない。

大塩はぴくりとも動かない。

大川は引き潮どきで流れも速い。櫓を漕ぐ手を休め、大塩に近づいた。

「逃げられそうですよ、大塩さま」

返事はない。

息をしていない。瞳孔が開いている。首に脈動もない。

「駄目だ」

橋本は天を仰ぎ、泣いた。

すべてはならなかった。世直し一揆の夢は幻に終わった。
もう、もどれない。
小鈴に迷惑がかかるし、『巴里物語』もすでにない。
「島を目指すか」
と、橋本は言った。蘭学者たちの憧れは小笠原島《おがさわらじま》だった。
――辿りつけるのか……。
大川の両岸がふいに開けた。
舟は、波間に月の輝きをまき散らした夜の海へと出ていた。

第二章　一夜明けて

一

お城の黒書院で会議が始まったのは、騒動の翌日の昼のことだった。

老中、若年寄、大目付、寺社奉行、勘定奉行、そして町奉行といった幕府の重鎮十七名が集まった。

最初に老中水野忠邦から、南町奉行鳥居耀蔵が、

「昨夜の騒ぎを報告せよ」

と、命じられ、

「騒ぎは、すでに収まっております。ご安心ください」

まずはそう言って、一同を見回した。

鳥居は堂々たる偉丈夫である。異人のような大きな目をしているし、眼光も鋭い。

こういうときは、いかにも自信に充ち溢れて見える。

だが、じっさいは疲労困憊《こんぱい》している。

昨夜からいままで一睡もしていない。夜中のあいだは、次々に入る報告を聞き、明るくなるとともに現場を視察した。

世直し一揆の一味は、途中、二組に分かれたりしながらも、千駄ヶ谷から青山、赤坂と辿り、四谷、市ヶ谷と外濠沿いに進み、お茶の水から昌平河岸のところまで来て、制圧されていた。

心配したほどの被害ではなかった。

大筒の弾が撃ち込まれたのが、大名や旗本の広い屋敷がほとんどで、消火のための人手が充分にあったこと、また庭に池があり、この水を消火に使えたことが、類焼を防ぐのに役立った。

そしてなにより、途中、風がなくなり、火の粉が飛び散ることもなくなったのが幸いした。

一味の遺体は、お茶の水から始まり、昌平河岸まで行くにつれ増えていった。昌平河岸には二十人を超す浪人者の遺体が並べられ、町人の遺体は一体も見当たらなかった。

　ほかの老中や若年寄たちから質問が出はじめた。

「それは奉行所の者たちの手柄か？」

　と、若年寄の一人が訊いた。

「われわれも戦い、お濠の中に入るのを防ぎ、また執拗《しつよう》に追い詰めましたが、最後はあの界隈《かいわい》の旗本御家人たちが義勇軍のごときものを結成して、曲者たちを斬り捨てたように思われます」

「生け捕りにはできなかったのか？」

「われらもそれは目ざしましたが、抵抗が激しく、そう悠長にはまいりませんでした」

「だろうな。だが、一人二人はなんとかしたかったな」

「そうですな」

　鳥居はいちおううなずいたが、内心では、

　——だったら、きさまがやってみればよかっただろうが。

　と、毒舌を吐いた。

「世直し一揆と書いたむしろ旗を押し立てていたそうじゃな」

「ええ。だが、それに加わる者は、浪人者やお調子者が若干名あっただけで、大方の町人は逃げ惑うか、冷笑するばかりだったかと思われます」

「若干名という言い方はいかん。正確に申し上げよ」

「いま、遺体を三カ所の寺に収容しております。曲者と思われる者の数は、いまのところ五十四人です」

「五十八人で世直しとは、片腹痛いな」

「ただ、怪我はしているが逃げ延びた者などもおります。ですので、正確な数というのは、いまの段階では。もちろん、逃げた者などはこれから徹底して捜し出し、この騒ぎに加わった者は全員、見つけ出す所存にございます」

「して、首謀者は大塩平八郎だったのか？」

水野忠邦は、顔をしかめながら、その名を口にした。

「おそらく」

とは言ったが、なにせまだ確認できていない。

遺体を確かめている。が、大塩の顔をじっさいに知る者は少ない。

甥の八幡信三郎《やはたしんさぶろう》は、大塩らしき男を直接見ているが、その信三郎はまだもどって来ていないのだ。

途中、『巴里物語』を届けさせ、そのあと大塩たちを追ったには違いないが、そこで倒されてしまったのか。信三郎らしき遺体も確認させているが、それもまだ見つかってはいない。

「大坂での大塩の乱はどれくらいの規模だったかな？」

水野が誰にともなく訊いた。

「途中から野次馬のような連中も加わり、しまいには七、八百人もの数になったはずです」

と、勘定奉行の一人が答えた。

「それに比べると、今度は小規模だった」

「むしろ、数がふくらむ前に制圧できたと言うべきでしょう」

鳥居が胸を張った。

「だが、ずいぶんな金を持っていたらしいな」

水野が言った。

「はい。大筒を積んだ荷車に、軍資金と思われる千両の金がありました」

「なんと」

これを軍資金とすれば、相当な浪人者を集めることができただろう。

「本当に大塩なのか？」

「誰か、大店の支援者でもいるのではないか」

「大店ならまだいい。西国の蘭癖《らんぺき》大名あたりだって怪しいぞ」

列席者は不安げに顔を見合わせた。

だが、なかには妙に落ち着き払った者もいた。北町奉行遠山金四郎もその一人である。

鳥居はそれが気になった。

二

「大塩だったんだよ」

遠山金四郎は内心でそう口にした。あれは間違いなく大塩平八郎で、大塩は斬られ、倒れ込むように舟に逃げた。その舟は神田川下流へと逃れて、追いつくことはできなかったが、あの傷から見て、まず生きてはいない。

だが、遠山はこの場でこそ昨夜の動きを報告しなかったが、それほど控えめな性格であるはずがない。ちゃんと手は打ってある。

北町奉行所の者を引きつれて現場に向かおうとしたとき、一部の老中や若年寄には、

「南がわれらの動きを迷惑がっているので、この遠山金四郎が特別に数十名の一隊を率いて、制圧に向かいたいと思います」

告げられた老中や若年寄は、いずれも、

「数十名で足りるのか」

と、不安がったが、

「なあに、浪人者に扮し、一行にまぎれながら、一人ずつ片づけてまいります」

自信満々の口調で説得した。

これが見事に功を奏したのである。

だから、あらかじめ告げられた数人の重鎮は、一揆勢を鎮圧したのはまぎれもな

く遠山金四郎が率いた一団であることを知っている。

逆に、南町奉行所は奉行の鳥居がどこにいるかわからなくなるなど、終始、後手後手にまわった印象がある。

「よいのか、遠山？　そなたの活躍ぶりを明らかにしなくても」

会議の途中、隣にいた若年寄が小声で訊いた。

「ええ。いいのですよ」

と、遠山はうなずいた。自分の大手柄のように吹聴できなくはなかったが、それは得策ではない。一時は名を上げても、水野と鳥居の反感をかきたてる。あの二人の結びつきはいまのところ強固だし、まともに敵にまわすと、こっちも消耗する。

大塩平八郎のことも、ここはまだ生きているかもしれないということにして、鳥居の不手際をなじったほうが、面白そうだった。水野、鳥居の結びつきに、亀裂を入れるきっかけにもなりそうである。

だが、鳥居に点数を稼がせる気もない。

「ところで、昨夜あのようなときに、鳥居どのはわが北町奉行所の協力を拒否なさいましてな」

と、遠山は言った。

「拒否というか」

鳥居は慌てた。

「南が仕切るというようなことをおっしゃいました」

「わたしは、命令を一元化しないと、かえって混乱を招くと思ったので」

「して、混乱は避けられましたかな？」

「ううっ」

鳥居が顔をしかめると、

「しかし、将軍のお膝元で世直しなどという騒ぎが起きるとはけしからん。予兆はまったくなかったのか？」

と、水野が遠山に訊いた。

「ありました。ですから、おいらも家来を動かしていたのですが、妙な殺され方をしてしまいまして」

「そのようなことを申しておったな」

「あのあとも調べをつづけておりまして、人相風体などもだいぶわかってきております。なんとか辿りつけるかと」

遠山はそう言って、鳥居を見た。

いかにもなにかありげで、鳥居はすこしたじろぎ、ほかの列席者は奇妙な顔をした。

「市中ではそういう噂はあるのか？　昨日の騒ぎは大塩がやったなどと？」

と、若年寄の一人が訊いた。

「いえ、ございません」

鳥居がきっぱりと否定した。

「ないのかい？」

遠山がわきから訊いた。

「わたしは聞いておらぬ」

「それならいいんだが」

遠山は思わせぶりな言い方をした。

「今朝は町中に与力同心を配置し、くだらぬ風評が広まることのないよう世間を見張っております。もし、番屋などに怪しげな風評が入れば、かならずその者を番屋にとどめさせ、噂の出どころを探るよう、達しを出しております」

と、鳥居は言った。

「だが、瓦版などがどうしたって書くだろう」

寺社奉行の一人が言った。

「いいえ、書かせません。江戸の瓦版屋はすべて摑んでいます」

じっさい、鳥居は江戸中の瓦版屋をすべて把握している。その調べはもう五年以上に及んでいる。

ただ、把握はしているが、完全に言いなりになるわけではない。現に、鳥居を愚弄するような記事は、ちょこちょこ書きつづっている。それでも、本当にまずいことを書けば、手ひどい目に遭うことはわかっているはずである。

「ほう」

「すでに、瓦版屋には釘を刺しました。もし、こたびのことを書く瓦版屋がおれば、容赦なく鉄槌《てっつい》を下す所存にございます」

「それは鳥居にまかせて大丈夫だろうな」

と、水野が言った。

「ええ。このあいだ、江戸市中に不届きな落書きも出回りましたが、あれもおそらく大塩のしわざ。ですから、もうあのようなこともないはずです」

鳥居はそう言って、落ち着いたようすで茶を一口すすった。

しばらく皆が無言になったとき、

「そうだ。ちょうど花見も始まるころですしな」

遠山金四郎がそう切り出すと、一同は、

「おっ、そうじゃ」

と、膝を打った。

「咲きはじめたな」

「今年は遅かったな」

皆の気持ちはいっせいに桜のほうへ向いたようだった。

「そうだ。そこにも桜があったな」

水野が立ち上がり、障子を開けて、庭先に出た。

「おう、咲いた、咲いた」

庭の桜が三分咲きほどになって、それは三分でも大樹ゆえに、充分なあでやかさを感じさせる。

「花見じゃ、花見じゃ」

「町人どもに今年の桜を存分に楽しませてやろう」

「うむ。上野の山あたりもあまりうるさく言わず、ちと奥のほうまで見せるようにしましょう」

と、寺社奉行の一人が言い、

「花見の季節に、世直し一揆など盛り上がるわけがありませんな」

遠山がうなずいた。

遠山は思うのだが――。

やはり、世は安泰なのである。

いまの世が、大きな三角のかたちをしていたら、これはまずい。頂点に徳川家の将軍がいて、そこからずうっと下まで裾野のように貧しい者、抑圧された者がだんだん多くなり、いちばん底辺の人間が数もいちばん多くなっている。このかたちだと、世の中はひっくり返りやすい。

だが、いまは菱形になっている。上には上がいるが、下には下がいて、大半の者は、自分たちは真ん中あたりだと思うことができる。

ほとんどの人間は、暮らしの本質を見つめたりはしない。ただ他人と比べ、自分が真ん中あたりにいると思えば満足するのだ。

——まったく武士も町人も馬鹿ばっかりだぜ。

遠山は、世の中の人間たちを罵ってやりたかった。

三

小伝馬町の大牢の中である。

高野長英が檻のそばに寄って、廊下の先のほうをのぞくようにすると、わずかな隙間から庭の桜が見えた。

桜は花を咲かせていた。二分から三分咲きといったところである。

「花が見えるのか？」

と、向こうにいた牢役人が訊いた。

いちばん下っ端で、つねづね意地悪なやつである。

黙っていると、桜が見える戸を閉め、別のほうを開けた。外は見えるが、桜は見えない。

「へっへっへ」

嬉しそうに笑った。

「見せてくれてもいいじゃないか」

長英は文句を言った。

「身体に毒だよ。花なんか見ては」

こいつの言うとおりかもしれない。

「昨夜、しきりに半鐘が鳴っていただろう」

「ああ」

「どうしたんだ？」

「四谷とか市ヶ谷あたりでずいぶん火つけがあったらしいぜ。でも、ぜんぶ消し止められ、類焼はなかったのさ」

「火つけ？」

「噂だと、花火のようなものを撃ち込んでまわった連中がいたらしい。もっとも、全員、斬り捨てられたけどな」

「そうなのか」

「ふっふっふ。高野さんよ、期待してたんだろ。解き放ちがあるんじゃないかと。生憎《あいにく》だったな。だが、いったんは解き放たれても、またもどって来なくちゃならないんだぜ」

「わかってるよ、そんなことは。ただ、ひさしぶりに江戸の町を歩いてみたいじゃないか。道を踏みしめ、夜風を感じながらさ。桜が咲いてるってのに」

そう言いながら、長英は涙がこぼれた。不覚だと思いながら、どうしてもこみ上げてきた強い感情だった。

牢役人は長英が泣いているのに気づくと、慌てて戸を元にもどした。

だが、もう桜など見たくはない。

――しくじったのだ、大塩さまは。

絶望に打ちひしがれる。やはり、このままここで朽ち果てるしかないような気持ちになってきた。

頭をかかえ、うずくまるようにしていると、やけに身体が痒《かゆ》いのに気づいた。

そういえば、このところ布団を干してもらっていない。蚤《のみ》や虱《しらみ》がいるのだろう。

上着を脱ぎ、布をじっと見た。

蚤が跳ねた。

「やっぱりいやがった」

掴もうとしたらぴょんと跳んで、檻の外に逃げた。

「糞っ。羨《うらや》ましいぜ」

あれくらい小さくなれば、檻の外にもかんたんに出て行ける。

蚤にはしょうぶの葉が効く。あれを敷いて寝ると、蚤はいつの間にかいなくなる。

だが、しょうぶはまだ育っていないだろう。

この痒みは蚤だけではない。髷《まげ》をほどき、指で梳《す》いた。ぱらぱらと小さな虫が落ちた。

「ほおら、虱もいた」

髪には頭虱、着物には衣虱。顕微鏡で見ないと、違いはわからない。

蚤。虱。

いまの自分には、桜より虫を眺めるほうがしっくりくる。

晩年の司馬江漢《しばこうかん》が、顕微鏡を眺めるのに凝り、自作の詩の末尾には、皮肉な笑みのようにこう記した。

上天子下乞食まで世界むし　火水の中で生きて苦しむ

――しばらく、虫を見ながら暮らすか。

と、長英は思った。

四

五合目の半次郎は、驚くべき速さで富士を駆け上がっていた。

昨夜――。

半次郎は大塩の最期を見届けた。

江戸の町人たちの冷ややかな反応に落胆し、それでも神田あたりから浪人者が大勢加わるのを期待しながら、行列のあとをつけた。

異様な事態に気づいたのはお茶の水の坂を登りはじめたころだった。一行の武士が次々に倒れ、脱落していく。そこへ新たな浪人者が加わるため、全体の人数は変わらない。

——味方ではなく、刺客が加わっているのだ。

気づいたときは愕然《がくぜん》とした。恐怖に身が震えた。

大塩に報《しら》せたかったが、すでに取り囲まれていて、近づくことはできなかった。

大塩が斬られたのもわかった。腹を深く斬られた。舟で逃げたようだったが、あれはもう助からない。

そこからは、半次郎は夢中になって逃げた。

煙の匂いがする江戸から抜け出て、木戸を避けながら、夜の甲州街道をひた走った。

大塩に与えた金は無駄になった。正直、その悔しさもある。千両の金を貯めるには三、四年はかかるだろう。

しかも、出どころを探られるかもしれない。しばらく江戸には近づかないほうがいいだろう。

途中で夜が明け、吉田の町には巳《み》の刻（午前十時）ごろ着いた。

それから一刻ほど眠り、富士に登りはじめた。山開きはまだだが、半次郎にとっては庭みたいなものである。真冬だって登っている。

六合目あたりから緑がなくなってくる。かわりに雪が覆っている。麓《ふもと》は桜が咲いているというのに。

もっと上は新しい雪も降ったらしく、かんじきがないと進みにくい。まだ頂上まで登るには準備が必要である。

七合目の手前あたりで足を止め、下の景色を眺めた。

よく晴れて、江戸のほうまでくっきりと見渡せる。

昨夜はあそこにいて、江戸の町で一揆が成功するのを夢見ていた。もし、ことがうまく運んでいたら、いまごろは富士講の仲間とともに、大塩勢に合流していたかもしれないのだ。

だが、これも運命だったのかもしれない。

風は冷たいが、それでも気持ちがいい。

見渡す限り、人ひとりいないのもいい。

やはり、この山に来ると、地上の嫌なことをすべて忘れられる。

——またしばらくこのお山で暮らすか。

半次郎は下界を見下ろしながら思った。

五

数日後——。

部屋に入ってきて早々、

「ふうっ」

と、ため息をついた鳥居耀蔵に、

「お身体の具合でもよくないのでは?」

戸田吟斎が訊いた。

「疲れているだけだと思うのだがな」

疲れているのは無理もないのだ。騒乱を巻き起こした一味の全容を摑むため、隠れ家から当日の足取りをくまなく調べている。鳥居もできるだけその現場に顔を出しながら、月番である仕事も片づけなければならない。おかげで夜明けとともに起き、深夜まで働きづめである。

鳥居耀蔵は首や肩を回すようにしながら、吟斎の前に座った。

「ちと揉みましょうか。そこへうつ伏せになってください」

「そうか。そなた、医者だったか」

「目が見えぬので、顔色や舌の具合はわかりませんが、指の感触だけでもずいぶんわかるものでございます」

「そうだな」

じつは、鳥居自身も医学には造詣が深い。本草学、薬学の本はずいぶん読んだ。むろん漢方のものだが。

言われるまま横になり、吟斎が押すのにまかせた。

「あっ、そこは」

ひどく痛かったり、逆に気持ちがよかったりする。

吟斎の押し方はうまく、的確にツボをとらえている。

「お肥《ふと》りになられましたか？」

「うむ。奉行になってからだいぶ肥ったかもしれぬ」

鳥居はもともと恰幅《かっぷく》がいい。そこへ、奉行になってから札差《ふださし》など大商人との会食も増え、食べ過ぎているのだ。

吟斎は背中のわきのほうを強く押しながら、

「小便が甘い匂いがするようなことはございませんか？」

と、訊いた。

「ある。消渇《しょうかち》か？」

「まだ、軽いうちでしょうが」

のちに糖尿病と言われる病である。

「いや、消渇はやがて手足を腐らす」

「そうです」

「薬はあるか」

「八味地黄丸《はちみじおうがん》がいいはずです」

「変方《へんぽう》はなしでか？」

この薬は八味と言うが、症状に合わせ、八種類のうちの何種かをほかの生薬にすることもあるのだ。だが、それを訊くというのは、鳥居が漢方に詳しいことにほかならない。

「はい、そのままの処方で」

「わかった、試してみよう」

そう言って、起き直った。

「ところで、なにか？」

「うむ。気になることがな。甥の八幡信三郎がまだもどらないのだ。一揆騒ぎに巻き込まれたに違いないのだが」

「それはご心配ですな」

「それと、今日売り出された瓦版は、一揆のことには直接触れていなかったが、火事騒ぎで盗人が横行したのさ」

「でしょうね」

「そのなかに紅蜘蛛《べにくも》小僧がいたと書いている」

「ほう」

「ほんとか嘘かわかったものではない。紅い紐《ひも》を垂らせば、あやつのしわざになる」

「鳥居さま。日之助を出したほうがよろしいかと」

「いや、あいつは出したくない」

「なぜ？」

「なにか気に入らないのだ。金の卜伝うんぬんのことは、岡崎屋の馬鹿が騒ぎ出したのがきっかけだが、日之助もなにか隠していることがあるのだ」

「隠しているというより、日之助自身もなにが起きているのかわかってはいないのでは？」

「そうか。それもあるか」

「ええ」

「こんなことは面倒だからなにかほかの理由をつけて打ち首にしてもいいのだが、日之助のじつの父親に懇願されてしまったしな」

「札差などは大名から幕臣までつながっていますから、嫌われるのは得策ではございませんな」

「まあな」

「それに、瓦版屋たちは世直し一揆のことが書けないとなると、ますます紅蜘蛛小僧のことを書くでしょう」

「ううっ」

たしかに、いつまでも日之助を牢に入れておけば、ずうっと不手際を揶揄《やゆ》されつづけるだろう。

「だが、日之助はいったんは出しても、諦めないぞ」

「それはそうでしょうな」

「そなたには悪いが、小鈴の店はつぶす」

「そうですか」

「不逞《ふてい》の輩《やから》の溜まり場になっている」

そう言ったあと、鳥居はふいに不思議な感情に襲われた。林洋三郎《はやしょうさぶろう》として、あの店に通っていたときのことを思い出したのである。

それは偽りなく楽しい時間だった。

湯屋のお九《きゅう》が懐かしく思えた。むろん、おこうに似た小鈴の微笑《ほほえ》みも。

——あの連中の、いったいどこが不逞だというのか。愚かだが、愛すべき町人たちではないか。

鳥居は自分の言っていることが、ひどくおかしいことに思えた。

「わかった。日之助は出すことにしよう」

鳥居は自分の肩を叩きながらそう言った。

六

小鈴にとって、この数日は慌ただしく時が過ぎて行った。

店はまだ開けていない。お染《そめ》が手伝ってくれるので、やれなくもないが、まだ客に笑顔を見せる元気はわかない。笑顔のない女将がやる飲み屋なんて、誰も入りたくないだろう。

一揆の翌朝——。

小鈴は源蔵とともに、星川の死を報せるため、八丁堀にある星川家を訪ねていた。

　もちろん葬儀は、あとを継いでいる星川の長男の家でおこなうことになる。遺体は星川家に移された。

「変なおやじでしてね」

　と、あとを継いでいる星川の息子が言った。

　小鈴は初めて会う。「顔も性格も似ていない」と聞いていたが、目のあたりには星川の面影があった。

「と、おっしゃいますと？」

「死んでも葬式などしなくていいと、しょっちゅう言っていた。もちろん墓もいらぬと。だが、こういうところに住んでいると、やらざるを得ないしな」

「そうでしょうとも」

　墓のことは、小鈴も聞いていた。死ぬ人間は増える一方で、次から次に墓をつくっていったら、やがて生きている人間がいるところがなくなるだろうと。もともと仏の教えには墓などなかったのに、王だの、天子だのの真似を始めたのだろうというのも、星川の推測だった。

「おやじは笑っているでしょうね。ま、できるだけ質素にやりますよ。でも、墓だって、先祖代々の墓があるので、いらないと言われてもね」

「そのことなんですが」

小鈴は星川の長男に分骨してくれるよう願った。

長男は驚いたが、事情は察していたらしい。

「そうですか。おこうさんという人を」

「もちろん星川さんは生きていっしょになるのが夢だったでしょうが」

「おやじの気持ちは、お仲間のほうがわかっていたと思います。喜んでそっちの墓に入ると思いますよ」

息子はカタブツと聞いていたが、そんなところはあまり頑固ではないらしい。

茶毘《だび》に付して、母の墓に入れることになった。

その骨は昨夜、受け取って来たのである。

運んで来る途中、星川が小鈴の腕の中でなんだか照れているような気がして、それでまた、ひとしきり泣いた。

店でも、葬儀などはしないことにした。

常連の客にも伝えると、

「星川さん、不信心だったからなあ」

「いや、あれは不信心というより、決まりごとが嫌いだっただけじゃないかな」

「そう。おこうさんの霊はたぶん信じていたぜ」

　大げさなことが嫌いだった星川の気持ちはすぐにわかってもらえたのだった。

　だが、店をやらないでいると、朝起きても、手持ち無沙汰でぼんやりしてしまう。

小鈴が、今朝もいつものように店に風を通し、掃除をしていると、のれんを出していない戸口に人影が立った。

「ただいま」

「日之さん！」

　思わず駆け寄った。

「やっと出られたぜ」

「よかった」

「心配かけたな」

「日之さんこそ大変だったね」

「なあに、わたしなんか」

と言いながら樽《たる》に腰をかけたが、

「なんか、なくなった？」

「なんか？」

「ああ。なんだろう？　大きなもの」

「…………」

「樽とか、数はいっしょだよね。飾りも変わってないはずだし」

「…………」

小鈴はつらくて言い出せない。

「ほぼ星川さんの計略どおりだった。凄《すご》いよ、星川さんは」

「ほんとね」

「あ、星川さんは？」

「亡くなったよ」

「…………」

日之助はなにが起きたかわからないという顔をした。

「亡くなったの」

「嘘だろ」

「八幡ってやつと斬り合ったの」

「相討ちか」

「そう」

小鈴はまた泣けてきた。ほんとはもう泣きたくない。星川だって嫌がっているだろう。

「なんてこった」

日之助は頭を抱えてうずくまった。

「でも、星川さんが守ってくれたんだよ、この店を」

「ここで斬り合いしたのを知られなきゃいいけどな」

「大丈夫。源蔵さんと川に投げてきたから」

沖で漁師が見つけても、たいていは手を合わせるだけで、そのまま流れるままにする。引き上げて番屋に届けたりしても、嫌がられるだけである。

「星川さんがいないとなると」

日之助の表情が沈んだ。

「どうした？」

「わたしは奉行所の牢で小鈴ちゃんの父上と会った」

「え」

「戸田吟斎さんは、鳥居の世話になっていた。だが、小鈴ちゃんのことを心配し、あそこから出たいらしい」

「出たいと言って出られるの？」

軟禁状態にあるのではないのか。

「出られるような口ぶりだった」

「そうなの」

「だが、たとえ出ても刺客を向けられる。吟斎さんはなにか確かめたいことがあるらしい。それは、小鈴ちゃんを守るのに役立つものみたいなんだ」

「あたしを守る？」

「星川さんなら吟斎さんを守ってくれると期待していたんだが」

「…………」

「だが、わたしと源蔵さんとで守るしかない」

と、日之助は言った。以前より精悍《せいかん》になったように見える。

「でも、日之さんは……」

「武術こそやったことはないが、身体は利く。やれるだけやるしかない」

「いつ、出てくるの？」

「できるだけ早く出たいと」

日之助はぐずぐずできないというように立ち上がった。

日之助は、源蔵に会って、いままでのことを説明してくると言って、坂を下りて行った。牢を出ると、いちばん先にここへ来てくれたらしい。

しかも、驚くべきことを告げて行った。まだ、胸がドキドキしている。

――父さんと会うことになる……。

いったい何年ぶりになるのか。

十年以上会っていない。

小鈴の思いは複雑である。

子どもが飛びつくような気持ちにはなれない。それは当然だろう。

憎しみもある。

この商売をするようになって、ずいぶん我慢ができるようになった。それでも我慢できず、なじってしまうかもしれない。

どう考えても身勝手な父だった。

あの人が『巴里物語』を書かなかったら、母も亡くなったりはしていないし、星川さんだって命を落とすことはなかった。あの手づくりの冊子は、どれだけの人に不幸を招き寄せたことだろう。

しかも、その信念のまま、いまだに逃げまわったり、戦っていたりするならまだしも、鳥居耀蔵に力を貸しているとは、なんということだろう。

だが、『巴里物語』を読んで、なにかが変わった。あの本はやはり、書く意義があったのだと思う。だからこそ、大勢の男たちの気持ちを揺り動かした。

父の行動は、大塩といっしょで早過ぎたのかもしれない。

もちろん、これからも鳥居には狙われるのはわかる。

小鈴は隠していた吹き矢を取り出し、さっそく稽古を始めた。

七

「ここを出たいだと？」

鳥居は目を瞠《みは》った。

「もう殿にはわたしの力など不要です」

「馬鹿な」

「水野さまの信頼も厚いはず」

「わたしの甥の八幡はもどらない。おそらく大塩一味にでもやられたのだろう」

あの晩からすでに五日経《た》った。まだ見つからないということは、川に沈んだとか、すでに埋められたとか、要は始末がなされている。

「ですが、八幡さんは危険な存在でもありました」

「わたしにとっては可愛い甥だぞ」

非情なことをしてきたくせに、身内への情愛は深かったりする。人というのはそういうものだ。

「これからどうする?」

「くだらぬ考えに取り憑《つ》かれ、家を捨てたあげくに、おこうの命を奪うような羽目になりました。医術の心得はありますので、揉み治療などをしながら、おこうの菩《ぼ》提《だい》を弔って暮らしたいと思います」

「ほう」

鳥居は黙り込んだ。

しばらくして、

「そなたは苦労して翻意させた。まさか、そなたの信条がゆらぐとは、じつのところ思っていなかった。高野長英より、渡辺崋山《わたなべかざん》より、そなたがいちばんしぶといと思っていた」

「きついことをおっしゃる」

だが、鳥居はまさに痛いところを突いてきたのである。

愛と自由と平等。

それは、突き詰めて人の暮らしに当て嵌《は》めていくと、理想とは違っていく。

もしかしたら、それらは人にはふさわしくないのではないか。人は身勝手で裏切りつづけるもので、自由などを得てもどうしたらよいかもわからず、上下のある暮らしでこそいちばん充たされるのではないか。

薄々そう思っていたところを突かれた。

愛と自由と平等を受容できる者は、ほんの一握りの有能な人だけなのではないか。

いまはもう、それらのことについてあまり考えたくなかった。

「娘のところに世話になるつもりか」

「いや、それは」

できるわけがない。

逆に、いっしょにいれば危険は多くなる。

「いいだろう。出て行くがいい」

「ありがとうございます」

戸田吟斎は自室にもどった。

鳥居耀蔵は吟斎を見送り、つぶやいた。

「あやつ、やはりあのことを勘づいている」

八

翌日——。

「さあ、行け」

と、戸田吟斎は、鳥居の家の者からそっけなく送り出された。奉行所の裏門で、鳥居の見送りもなかった。

「お世話になりました」

そう言って、歩き出した。

吟斎は、深川に行くつもりだった。

そこで家を借り、揉み治療と医術を施す。かつての患者たちも、いくらかは力になってくれるかもしれない。

江戸の町の地図を思い描いた。大まかなことは覚えている。だが、視力を失ったまま一人で歩いて行けるか、自信がない。

右手で杖《つえ》をつき、左手を前に出すようにして歩き出す。裏門から表門のほうへ回り、正面の数寄屋橋御門《すきやばしごもん》を渡る。

おそらく鳥居は、あとをつけさせているだろう。

出たあとすぐ、わたしを始末するつもりだろうか。おそらくそうはしない。居場所を確かめ、そのあとの行動を見張るはずである。

そうすれば、小鈴の周辺にいる怪しい連中も捕まえることができるのだ。

つけて来る者がいるのであれば、深川まで連れて行ってもらいたいくらいだった。

「吟斎さんが出た」

数寄屋橋の近くで奉行所を見張っていた日之助が、もどって来て言った。

「よし」

源蔵がうなずき、

「つけるぜ」

「うん」

小鈴もいる。

「あれだよ」

日之助から教えられなくてもすぐにわかった。

早足で歩く江戸の人たちの中で、あんなに遅い動きをしていたら、否がおうでも目立ってしまう。

なんとも危なっかしい足取りである。

足そのものはそう衰えてはいない。だが、やはりまったく見えていないのだ。

「後ろから来る若い武士が、あとをつける役だな」

と、源蔵が言った。

「まさか、途中で？」

小さな声で日之助は訊いた。小鈴に聞かせたくない。

「いやあ、やらねえよ。しばらくは吟斎さんを見張るはずさ」

源蔵は小鈴にも聞こえるように言った。

小鈴たちの近くを吟斎が通り過ぎた。

「父さん……」

ひさしぶりに父の顔を見た。十三のときまで暮らしたのだから、顔はよく覚えている。

だが、面影はまったくない。潑剌《はつらつ》としていた父は、老いさらばえ、盲いていた。

「やっぱり、麻布に行くつもりはないらしいな」

と、日之助は言った。

「そのほうがありがてえや。まず、あのつけているやつをなんとかしなくちゃ」

「どうしよう、源蔵さん？」

「なあに、かんたんだ。おれと日之さんとで喧嘩を始める。日之さんは逃げ、おれが追いかける。もつれ合って、あの野郎にぶつかり、掘割にでも突き落とそう」

「わかった」

日之助は緊張した顔でうなずいた。

九

あとをつけるうち、小鈴は思い出していた。

よく父のあとを追って、どこかに出かけたりした。

だが、父はいつも考えごとをしながら歩くので、小鈴を連れていることを忘れた。そのため、小鈴はいろんなところで迷子になったらしい。

それは、母がよく言っていたことだが、小鈴もぼんやり迷子になったときの記憶がある。たぶん浅草の観音さまだったと思うが、人混みに座り、ぼんやり雑踏を眺めていた。

だから母は、

「出かけるとき、小鈴を連れて行かないで」

と、文句を言ったらしい。それでも父は、小鈴を連れて行きたがり、結局、途中で迷子にさせてしまった。

母が父を強くなじっていた記憶もある。

だが、そういう母だって、似たようなところはあった。

——まったく、変わり者同士の夫婦が、できもしない子育てをしたもんだから、子どものあたしもこんなおかしな心根になったのだろう。

だからあたしは、自分はこの先、ちゃんと子どもを産んで育てられるのか、自信がないのだ。

恐ろしくのろのろとした足取りで、吟斎はとりあえず日本橋のたもとまでやって来た。ここから右に折れた。

「たぶん深川に向かうつもりだよ」

小鈴が源蔵に言った。

「昔の知り合いはいるのかな」

「すこしはいるでしょう。その人たちを頼るつもりなのね」

つけて来る男は、あまりの足取りの遅さにすっかり退屈し、途中、店をのぞいたりしている。それでも、遅いし目立つしで、見失うことはないのだ。

霊岸橋《れいがんばし》を渡ると、左手は日本橋川で、ここから落ちるとなかなか這《は》い上がることはできない。

源蔵と日之助は人の多い日本橋のほうへ逃げ、小鈴はそっと吟斎を連れて舟に乗せ、麻布の一の橋で待ち合わせることにした。

「よし、日之さん、行くぜ」

「おう」

二人はつけて来た男に近づくと、

「あっ、てめえ、この前の野郎」

「なんだよ、悪いのはそっちじゃねえか」

「ふざけんな」

いきなり摑み合いになり、もつれ合ったまま、男にぶつかった。

「ああっ」

男は他愛なく、川に落ちた。

「いけねえ、逃げろ」

二人はさっと別々に逃げた。

騒ぎも気にせず歩いている吟斎に近づくと、

「こっちよ、父さん」

小鈴はすっと腕を摑んだ。

「父さん？　小鈴かい？」

「そう」

吟斎は嗚咽する。

「泣きたいのはあたしもいっしょ。でも、泣いてる場合じゃないよ」

「ああ」

「目はどうしたの？」

「自分で突いたんだよ。もう、この世を見たくなくなった。いや、見る資格も失った。わたしは、自分の信条を変え、かつての仲間を裏切るようなことをした」

「自分で罰を下したの？」

「そういうことだ」

なんて激烈な性根なのだろう。

こんな人がそばにいたら、皆、たまったものではない。大塩平八郎もどこか父と似ていたのかもしれない。

「もう少し急いで。転ぶ心配はないから」

「すまない」

新川《しんかわ》の河岸に出た。猪牙舟《ちょきぶね》がいたので拾った。

麻布一の橋の近くにある水茶屋の縁台に腰を下ろし、源蔵と日之助のもどりを待った。

橋のたもとに桜の木があり、それも七分咲きくらいになっている。橋を行き来する人も、かならず見上げて通り過ぎる。

だが、この父はもう、桜の花もなにもかも見ることはできない。

それほど待たず、源蔵と日之助も舟でやって来た。

「日之さんとはもう会ってるんでしょ。もうお一人は源蔵さんと言って、麻布坂下町で岡っ引きをしているの」

「岡っ引き……」

「でも、あたしたちの仲間だよ。母さんがやっていた店に通って来てくれていて、その店は鳥居耀蔵のせいで焼けてしまい、この二人と、もう一人——つい先日亡くなった人と三人で建て直してくれたの」

「それはどうも」

吟斎はゆっくり頭を下げた。

「それで、父さんはどうするつもりなの？」

「わたしのことはどうでもいい。この先は自分でなんとかするし、それに鳥居耀蔵はわたしを放っておくわけがない」

「あたしのこともそうよ」

と、小鈴は言った。

「そうだろうな。それで、鳥居がお前たちに手を出せなくしたい」

「そんなことできるの？」

「たぶんな」

「なに？」

「鳥居は、『巴里物語』が出回ることを異様に恐れている。それは、おそらくあの書物の、世の中に対する影響力とか危険性とは別のことなんだ」

「どういうこと？」

「鳥居個人に関することだよ。そして、それを知られたら、あいつは身の破滅だと思っているに違いない」

「身の破滅……」

小鈴たちは顔を見合わせた。

第三章　鳥居の秘密

一

小鈴はまだ店を再開させないでいる。

日之助はもどったし、お染も手伝ってくれるだろう。だが、星川のいない店をつづけるのはまだつら過ぎる。

通りがかりに催促していく常連も多い。

今朝は、二階の窓を開けた小鈴に、下を通りかかったご隠居さんが、

「やあ、小鈴ちゃん」

と、声をかけてきた。

「お出かけですか、ご隠居さん？」

「うん。煙草《たばこ》を買いにね。まだ、店は開けないのかい？」

「ごめんなさいね」

「いや、いいんだ。そりゃあ、気持ちはわかるよ。小鈴ちゃんが開ける気になったら、開けてくれればいい。皆、ほかの店に浮気せず待っていると思うよ」

ご隠居は遠慮がちに言った。あれだけ毎晩のように来てくれていたのだから、夜は退屈しているだろうに。

「ありがとうございます」

ご隠居を見送り、ひとしきり台所仕事などをしてから、小鈴は家を出た。

いったん裏の寺に入り、母の墓に手を合わせながら、店を見張っている者はいないか確かめる。ここからだとよく見えるのだ。

それから、寺の反対側から出て、尾行がないのを確認しながら遠回りし、一本松坂の下にある星川の家に来た。

星川の家はまだそのままになっていて、父吟斎をここに入れることにしたのである。

吟斎を見失ったことを聞いた鳥居は、おそらく小鈴の周辺を見張り出すだろう。だから、本当はここでないほうがいい。

だが、新しく引っ越してきた盲目の者など、奉行所が番屋に命じて調べさせれば、どこに隠れようがたいして時間もかからず見つかってしまう。江戸の町の諜報網《ちょうほうもう》ときたら、怖ろしいくらいなのだ。

であれば、連絡しやすいところに置き、病人ということで閉じこもってもらったほうが、しばらくは見つからずにすむ。それに、坂下町の番屋は、源蔵の縄張りである。

昨日、父吟斎の推測を聞いた。

「鳥居が『巴里物語』の出回るのを怖れるのは、もしかしたらわたしが書いた物語のなかに鳥居の書いた文章が混じっているからではないかと思ったのさ」

吟斎はそう言ったのである。

「なぜ、そんなふうに思ったの?」と、小鈴が訊いた。

「鳥居は手に入った一冊を、誰にも見せず、すぐに焼いてしまった。あれはおかしいだろう。町人には読ませたくなくても、せめて自分は目を通して探るべきことは多いはずだ。それなのに、あの慌てぶりはなんなのか。そういう場合、自分のことが書いてあったりしたら、読ませたくはないよな」

「そうだね」

「だが、巴里の話に鳥居のことなど書いてあるわけがない。とすれば、あいつの書いた文章ではないかと思ったのさ」

「鳥居の文章がなぜ『巴里物語』に？」

　小鈴は訊いた。

「わたしは、あの物語を書くうえで、長崎などで話を聞いただけでなく、いろんな資料を参考にした。そのなかには、幕府から入手した話もある。わたしは、そうした資料も知り合いの幕吏たちから入手していたのでな」

「なるほど。あっしも瓦版屋をしていたときは、いろんな資料を参考にしましたっけ」

　と、源蔵が言い、

「たしかに、自分の文章が父さんの『巴里物語』に引用されていたりしたら、鳥居は嫌だろうし、抹殺したい気持ちになるだろうね」

　小鈴がうなずいた。

「わたしも鳥居のそばにいるあいだに、あの男の経歴などは家の者から聞いていた。鳥居耀蔵は、鳥居家には二十四のとき、鳥居登與《とよ》との縁組で養子として入った」

「養子だったとは言ってたわ」

「鳥居の実父は、大学頭《だいがくのかみ》 林述斎《はやしじゅっさい》」

「林述斎！」

源蔵が目を瞠《みは》り、

「湯島の学問所の親分みたいな人でしょう？」

「そうだ」

「そんな偉い人がおやじなんですか」

「鳥居は店に来ていたときは、林洋三郎と名乗っていたけど、本名をちょっと変えただけだったのね」

小鈴はそう言った。

「養子になってまもなく、鳥居はお城の中奥番《なかおくばん》として出仕し、それから十年ほどはそこにいた。目付筋となって頭角を現すのは、四十代になってからだ」

「そうなの」

「中奥番のころから勉強家で、将来を嘱望されていたらしい。しかも、若いころはいまみたいに頑迷ではなく、洋学なども広く目を通していたらしい」

「へえ」

「あの鳥居がですか」

源蔵と日之助は呆《あき》れたように顔を見合わせた。

「とすると、鳥居という男の中でなにかが変わったのかもしれない。かつては、巴里の一揆をさほど悪いものとは思ってなかったのかもしれない」

「ははあ」

「鳥居は、わたしの考えを変えさせるということにムキになっていた。そういう人間は、自分自身も変わったということに対して、後ろめたさを持っているのではないだろうか」

「そういう感情ってのはあるでしょうね」

と、源蔵は言った。

「ちょっと待って、父さん」

小鈴が言った。

「どうした?」

「ひとつ思い出したことがあるの。以前、鳥居が林としてここに来ていたとき、あたし、占いをしたことがあるの」

「占い?」

「そう。それは、ひとつの言葉から始まって、その言葉から思いつく言葉を次々に思い浮かべていくの。すると、かならず言いたくない言葉に突き当たるわけ。それが、その人の心の奥にあるいちばん嫌なことなの」

「ほう、面白いな」

「それで、鳥居が言いたくない言葉があって、それはごまかそうとしたんだけど、あたしにはわかったの」

「なんだ、それは?」

吟斎は、見えない目を小鈴に向けた。

「待って。いま、思い出すから」

小鈴はそう言って、記憶の底をひっくり返すようにして、

「波、海、母……この三文字だった」

「波、海、母……」

「『巴里物語』とはあまり関係ないよね？」

小鈴は父に訊いた。

「ああ。ないな。だいたい巴里は内陸にある町で、海とは接していないし、母という存在もあまり関係はなかったな」

「じゃあ、それとは関係ないのね」

「いや、鳥居がそれほど嫌がっているのだから、それらの言葉と『巴里物語』は、やはりなにか縁があるに違いない。わたしも鳥居は母のことでなにか屈折した感情があるとは感じていたのだ……」

吟斎はそう言い、それから源蔵と日之助に、鳥居耀蔵の若いときの仲間などを当たれないかと頼んだのだった。

「父さん」

小鈴は声をかけ、元星川の家に入った。

星川はもともと荷物の少ない暮らしをしていて、遺品は八丁堀の家に届けてしまったので、ほとんどなにもない。ただ、布団や火鉢などはそのままだったので、それらは使わせてもらうことにした。

たもとから包みを取り出し、

「昨夜炊いておいたご飯だけど、おむすびをつくってきた」

おかかを入れたものと、こんぶの佃煮《つくだに》を入れたもの。自分もいっしょに食べようと思って、二つずつつくってきた。

火鉢に鉄瓶がかけてあり、湯が沸いていた。

「あら、父さん、自分で沸かしたの？」

「ああ。これからは自分で煮炊きくらいはできるようにならないと」

「そうだね。ここに住んでいた星川さんも、ぜんぶ自分でやってたよ。よく麵を茹《ゆ》でて食べてるって言ってた。ご飯炊くよりかんたんだって」

「なるほど」

「米と味噌《みそ》と、それにうーめんなんかは買い揃えておくよ」

「ああ」

「今日はもう、源蔵さんと日之さんは、昨日父さんが言ったことで動きまわっていると思うよ」

「町人が武家のことを調べるのは大変だろうが」

「うん。でも、あの人たちはいろいろ特技もある人たちだからね」

そう言って、小鈴は吟斎と向き合いながらおむすびを食べはじめた。

思ったより、感情が乱れてはいなかった。

喜びも怒りもないとは言えないが、心の奥を静かに流れていた。

自分で抑えつけているからだろうか。

――違う。まだ、戦いは終わっていないからだ……。

まだまだ、なにが起きるかわからない。感慨になどひたっている場合ではなかった。

二

この日――。

鳥居耀蔵は城に老中水野忠邦を訪ねた。

昨日、吟斎のあとをつけさせた家来が、見失ったと報告してきても、鳥居耀蔵はとくに叱りつけたりはしなかった。

どうせ、結局は小鈴のところを頼るのはわかりきっているのだ。

それより先に、すべきことはいろいろあった。

いま、鳥居がいちばん気になっているのは、北町奉行遠山金四郎の存在である。

じつは、昨夜驚くべき噂を耳にしていた。先夜の大塩平八郎の騒ぎで、遠山金四郎は自ら家来や同心の手だれ十数人を率いて暴徒の一行に紛れ込み、一人ずつ成敗していったというのである。すなわち、

「あの一揆を制圧したのは、ほかならぬ遠山金四郎で、南町奉行鳥居耀蔵は、その邪魔をしていたに過ぎないらしい」と。

しかも、この噂が囁《ささや》かれているのは、町人ではなく、むしろ幕臣のあいだだというのだ。

そういえば、思い当たることはある。

このあいだの黒書院における会議でも、遠山とほか数人は、鳥居の報告をなんとなくせせら笑うような感じがあったのである。

遠山はすでに、そのことを一部の老中や若年寄に報告してあったのではないか。

――あの男ならやりかねない。

北町奉行所の出動をわたしが抑えるのを見越したうえで、そうした別働隊をあやつり、一揆を自らの手で制圧してしまう。

南町奉行はまるで木偶《でく》の坊《ぼう》ではないか。

「水野さま」

ちょうど廊下で出会い、声をかけた。

「お、鳥居。よいところであった。そなたと話をしたかったのだ」

「わたくしもです」

「もしかして、遠山の噂か？」

「そうです。水野さまもお聞きになりましたか」

「聞いた」

水野は廊下を突きあたりまで進み、人気《ひとけ》のない部屋を見つけて中に入った。茶坊主がうろうろしているのを追い払い、

「遠山があの曲者どもを片づけたというのは本当なのか？」

と、訊いた。

「本当かどうかはわかりませぬが、その噂は聞きました」

「いかにも喧嘩の好きな遠山のやりそうなことだがな」

「だが、手柄なのに、なぜ会議の場などで吹聴したりしないのでしょう？」

「そこがあいつの強《したた》かなところさ。たしかに一時は遠山の評価も上がり、巷《ちまた》にでも洩《も》れたらそれこそ英雄扱いされよう。それでなくても遠山は、瓦版などでは人気があるからな」

「はい」

　鳥居は顔をしかめた。それはもう、瓦版あたりの遠山と鳥居の扱いの違いときたらじつに露骨なものである。

「そうなれば、わしとそのほう、それにわしらに与《くみ》する者たちの反感を買うのは必至だろう。そんなことになるよりは、反感を抑えながら、遠山に与する者たちの結束を強めておいたほうがいい」

「そうでしょうな」

「まったくあの遠山ときたら、わしが北町奉行に取り立ててやったというのに、わしの施策にはことごとく異議を唱えおって」

水野は悔しげに顔を歪《ゆが》ませた。

つい最近も、歌舞伎など派手な遊興を弾圧しようとしたのに、遠山は猛反対し、水野はだいぶ甘い制限にせざるを得なかったのである。

「どうして水野さまはあんな男を町奉行に？」

「それはまあ、いろいろあってな」

やはりそうなのだ。遠山になにか弱みを握られているのだ。

「ご相談いただければ、わたしのほうで処理しますが」

「いや、それはよい」

と、慌てて首を横に振った。

大方、女のことでなにか握られたのだ。まずい女に手を出し、もしかしたらそれを遠山が処理するようなこともあったのかもしれない。

「では、遠山の弱みを握りましょう」

「遠山の弱み？」

「じつは、とんでもない噂を摑んでいます」

「どんな噂だ？」

「遠山金四郎は背中一面に彫物を入れているというのです」

それは北町奉行所の同心から伝わってきた噂だった。遠山が私邸のほうにいて、なにかのはずみで腕まくりをしたとき、肩のあたりに桜の花びらがいっぱい描かれてあったと。「どうも肩だけでなく、背中まであるらしい」とも、語っていたというのである。

「まさか。やくざ者じゃあるまいし、武士がそんなことをしているわけがない」

「わたしもそれを聞いたときは耳を疑いました。だが、もし本当だとしたら？」

「若気のいたりではすまされまい。なにせ、お白洲《しらす》で不届き者を懲らしめる者が、自分で背中に彫物を入れているようじゃ話になるまい」

「この件、探らせてください」

「わかった。それはぜひ摑んでもらいたいな」

水野は鳥居を見て、ようやくホッとしたように笑みを見せた。

三

江戸の町はあちこちで花見がおこなわれている。

神田明神にも桜の木があり、そこの周りにも大勢、人が出ていた。

酒の匂いと陽気な唄声のそばを通って、源蔵は、湯島に住むかつての瓦版屋の仲間を訪ねた。

「源蔵さんは、麻布で岡っ引きになっちまったって聞きましたよ」

常吉《つねきち》という、源蔵より一回りほど若いその瓦版屋は、からかうような調子で言った。

「そうなんだ。いろいろあって、身を守るためにな」

「へえ。月照堂《げっしょうどう》といったら、江戸でいちばん肝っ玉の太い瓦版だったからね。いまもやってたら書きでがあったでしょうに」

「おめえだって、ここんとこ、南町奉行をずいぶんからかっていたじゃねえか」

「読みました？」

「ああ。よく、無事でいるな」

「そりゃあ、同じ版で遠山金四郎を持ち上げてますから」

「あれはいい手だよな」

源蔵はほんとに感心している。鳥居を叩きながら、遠山を褒めるから、幕政を丸ごと批判していることにはならない。鳥居も、遠山に嫉妬していると思われたくないから、露骨な攻撃には出られない。

「でも、いつ狙われるかわからねえ。源蔵さんも危ねえ目に遭ってるんでしょう?」

「そうだな」

瓦版でからかったやくざにも狙われたし、一時期つきまとわれたのは、たぶんお上の筋だったと思っている。

「ところで、鳥居ってのは弁慶の泣きどころはねえのかい?」

「鳥居のねえ。あればこっちも摑みたいですよ。脅されたときの切り札にできますから」

「出は林家なんだろ?」

「そう。お堅い家です。でも、大学頭さまは、こっちのほうはお盛んで、妾も大勢いるみたいですよ」

と、常吉は小指を立てた。

「へえ、詳しいな」

「だって、すぐお隣さんの話ですから」

「ここが家なのか？」

指差したほうにあるのは、湯島の昌平坂学問所である。

「そうですよ。もともと林大学頭の屋敷にあった昌平坂学問所が、幕府の直轄となったんですから」

「じゃあ、耀蔵も妾腹か？」

源蔵は一瞬、目を輝かせた。

「そのはずです」

「もっとも、大名だの旗本の子は、妾腹だらけだしな。当人もとくに気になんかしてねえだろうな」

「あ、でも、林大学頭のところはけっこう面倒臭いんですよ」

「どんなふうに？」

「林家はいったん子がつづかず、血は絶えたんですが、述斎が養子として林家を継いだのです。それで、最初の奥方とのあいだに嫡男はできたのですが、たしか離別しているんです」

「子もできているのに離別か。珍しいな」

「でしょう？　どうも、述斎てえのは、お勉強のほうは上手だが、奥方とはうまく付き合えず、すぐカッとなって、殴る、蹴る」

「そうなのか？」

「ほんとかどうかはわかりません。ただ、ここらの女はあの家に飯炊きや女中に入ったりしますので、まんざらでたらめは伝わっていねえはずです」

「ほう」

「そのあと、大勢の妾のあいだにつくるわ、つくるわ。ちゃんと認められていない子もいて、少なくとも二十人」

「はあ」

「それでも、頭の切れる子は大勢いるみたいです」

「そりゃあ、面白い話を聞いた」

鳥居は『巴里物語』を嫌がると同時に、母とか海にも妙なこだわりがあるらしい。そのあたりにつながっていくのではないか。

「でも、大学頭の話は、町奉行より書きにくいものですよ」

と、常吉は顔をしかめた。

「ああ、わかるよ。町奉行なんざ瓦版にからかわれるのはしょっちゅうだけど、学問所になると、神聖にして侵すべからずってところだからな。仕返しも凄そうだし」

「でしょう」

「鳥居のことをもっと知りたいよな」

「鳥居のねえ。そういえば、あっしがときどき異国の話を訊いたりする人で、手習いの師匠をしている人がいるんです。こっちはもちろん洋学派ですぜ。その人の友だちで司天台に勤めていた人が、若いとき、鳥居耀蔵と親しかったけど、いまは大嫌いになっているとか」

いい話である。

瓦版屋にとって、袂を分かった元友人というのは、最高の取材先になる。

「その人を教えてくれよ」

「直接は知らないので、その手習いの師匠から聞いてください」

常吉は気軽に教えてくれた。

四

一方、日之助は――。

消えた小鈴の叔父、橋本喬二郎と、『巴里物語』を探しまわっていた。鳥居があれほど嫌がっているものなら、こっちもなんとかして入手したい。

一揆があった晩、小鈴は原本の『巴里物語』を橋本喬二郎に預けてしまったのだ。

喬二郎はひどい怪我をしていたらしいが、おそらく〈小鈴〉を出たあと、仲間に合流しただろう。

一揆の足取りは、町の噂などでわかっている。外濠沿いに北上し、神田の昌平河岸で全滅した。

一揆に参加した者の名は公開されていない。遺体もさらされていない。遺族にももどされないし、逆に、訊きに来た者は親族でもないのに家捜しまでされ、仲間ではないかと疑われたりするらしい。

お上はなにもなかったことにしたいのだから、当然そうなるだろう。

日之助は昌平河岸の前にあったそば屋に入った。

二人組の客に店のおやじが加わって、あの晩の話をしていた。

「逃げたのもいたんだろう？」

「いたって話だぜ。どさくさに紛れて、小舟が一艘、神田川を下ったんだってよ」

「まあ、奉行所も追いかけてはいるんだろうがな」

「でも、大騒ぎにはなっていねえよ」

「そりゃそうさ。この手の騒ぎは、できるだけたいしたことじゃなかったってことで収めるんだ」

皆、わかっているのだ。

「じゃあ、遺体はもう埋めちまったのかい？」

と、日之助はさりげなく店のおやじに訊いた。

「小塚原《こづかっぱら》に持ってったらしいよ」

「皆、身元不詳かい？」

「そうじゃねえ。奉行所では、着物から持ち物、人相などは一人ずつ詳しく記録していて、それにもとづいていま、当たっているらしいぜ」

「なるほど」

「この裏に浪人者がいて、うちにもときどきそば食いに来てたんだけど、どうも一揆に加わったらしいんだよ」

「へえ」

「家捜しはもちろん、大家もしょっちゅうこまごましたことを訊きに来られて、ひどく迷惑しているらしい。連座させられるのかとびくびくしてたけど、それはねえみたいで、ホッとしてたよ」

橋本喬二郎の身元がわかったら、自分のところまで調べが来るかもしれない――と、小鈴は言っていた。

だが、まだなにも言ってきていない。とすると、橋本はまだ『巴里物語』を持って逃げまわっているのか。

日之助はもう一度、外濠沿いを歩いた。一揆の連中が来たのとは、逆の足取りである。もしかしたら落としたりして、道端に転がっているかもしれない。

通り沿いに古本屋があった。拾った者がいて、持ち込んだりはしていないか。
中に入り、陳列してある本を一通り見たが、『巴里物語』はなかった。
——紙屑拾いは？
一瞬、そこまで思った。だが、屑屋の足取りまでは追いきれないだろう。
いちばん考えられるのは、奉行所が見つけ、すでに奉行の鳥居の手に渡っている
ということである。
吟斎は、「もし、鳥居の手に渡ったら、すぐに処分されてしまう」と言っていた。
写本を見つけたときもそうだったと。
だが、残り一冊は原本である。前のものはすぐ焼いたにせよ、最後の一冊くらい
は、そうかんたんに焼いたりはせず、自分の手元に置くのではないか。
とすると、いまは奉行所の鳥居の家の中あたりにある。
——鳥居の家に忍び込むか。
と、日之助は思った。
もちろん、小鈴や源蔵からは禁じられている。
だが、まだ技は衰えていない。紅い紐は使わなければいい。

しばらく迷った。

捕まればもちろん死罪間違いなしである。

もし、なくなったら、鳥居は当然、紅蜘蛛小僧を疑うだろう。そして、それを持っていることがわかれば、また自分への疑惑が浮かび上がる。いや、疑惑というより、言い逃れができない証明のようなものだ。

――だが、確かめるだけでも……。

さんざん迷った末、いわゆる〈かはたれどき〉になってから忍び込んだ。

この前も忍び込んでいる。最初は吟斎に気づかれたとき。そのあと、紅蜘蛛小僧の別人説を仕掛けるのに、台所の鍋にかつらを入れるための細工をした。だから、これが三度目である。

中はよくわかっている。

いちおう、前のことから警戒を強めたらしく、屋敷内は天井裏に鳴子が下がっていたり、まきびしが撒いてあったりした。だが、こんな単純な仕掛けは日之助にとってはなんということもない。

とはいえ、緊張感はますますひどくなっている。手汗はびっしょり。胸は早鐘のようになっている。やはり、こんなことはもうやめたほうがいい。

うっすら明かりが残る空を見上げ、大きく呼吸を繰り返した。

天井裏を歩くのはやめ、屋根の上にもどって、鳥居の部屋の真上まで来た。そこで瓦をはずし、はめ板をよけ、縄を下に垂らすと、天井板をずらしてからゆっくり鳥居の部屋に降りた。

中庭に面した戸が開いていて、まだ書物の題字が読めるくらいには明るい。

整理整頓の行き届いたきれいな部屋である。

探しものは見つけやすい。書架も引き出しも探る。手文庫も開けた。

一通り探したが、『巴里物語』は見つからなかった。

五

鳥居耀蔵はこの日も忙しかった。

朝から評定所の会議に出て、もどって来るとすぐ、与力の報告を受けた。

あの一揆――もう十日も経つのだ――に加わった者の身元調べはつづいている。

だが、大塩らしき遺体はまだ出ていないという。

昌平河岸あたりの噂では、逃げた浪人者はほとんどいないが、小舟が一艘、神田川を下って行ったらしい。それには、二人が乗っていたという者もいれば、一人だけという者もいる。

たしかに、係留していた近くの店の荷舟が盗まれている。それで逃亡したのだろう。店の名が入ったその荷舟も捜しているが、まだ見つかっていない。お船手方の助けも借りて捜しているのにまだ見つからないとなると、江戸湾を出て行ったことになる。

昼飯をすましたころ、

「鳥居さま。ついに見つけました。遠山の若いころを知っているという男を」

鳥居が以前から使っている岡っ引きがやって来て、手柄めいた口調で言った。遠山の過去を探るよう命じておいたのだ。

遠山の父親は、長崎奉行などを歴任した遠山景晋《かげくに》である。金四郎はその父と折り合いが悪く、二十歳前後のころは家を飛び出したりしていたらしい。

そんなやつが、よくもいけしゃあしゃあと町奉行などやっているものだと思う。

「なにをしているやつだ？」

「蠣殻町《かきがらちょう》の長屋に住む易者です」

「よし、わたしも行こう」

鳥居はすぐ、袴を脱いで、着流しになった。かつて林洋三郎として〈小鈴〉に出入りしたころの恰好である。

岡っ引きのほか、護衛を兼ねた供の者は四人。都合六人で巷に出た。

易者は町に出るのは夜になってかららしく、まだ長屋でぶらぶらしていた。

遠山は鳥居より三つ歳上であるが、この易者も遠山と同じ五十くらいで、豪傑風の髭《ひげ》を生やし、いかにもインチキ臭い。

「そなたは、遠山金四郎の若いころを知っているらしいな」

鳥居は玄関口に立ち、いきなり訊いた。

「ええ」

易者は警戒するような顔でうなずいた。

「いくつくらいのときだ？」

「あたしが知っているのは、十八から二十歳くらいのときですよ。あたしは親からもらった家があって、そこに金さんも住んでいたことがあります」

　金さんと呼んだ口調には、親しみが感じられた。

「なにをしていた？」

「いろんなことをしてましたよ」

「いろんなこととは？」

「ぜんぶ言うんですか？」

　易者は面倒臭そうに訊いた。

「ああ」

「忘れちまっていることもありますしね。占いで思い出してみましょうか？」

「占い？」

　鳥居が訊き返すと、岡っ引きが耳打ちしてきた。

「要は金が欲しいんですよ」

「では、三百文（およそ六千円）ほどやれ」

　岡っ引きはすでに用意してあったらしく、懐から結んだ銭の束を三つ、板の間に置いた。

「へえ、こんなにいただけるので？」

「そのかわり、知っていることはぜんぶ話してもらうぞ」

「わかりました。辻占いは、ずいぶんやりました。もともと、金さんと始めたことで、あたしはこれが商売になっちまって」

「遠山が易者をな」

「なかなかさまになってましたよ」

「ほかは？」

「酒を売ってたこともあります」

「どぶろくか？」

「ええ。つくって売るのが好きだったんです。薬もつくりました」

「薬なんかつくれるのか？」

「それは二人で書物なども読みましたよ」

　鳥居は内心、呆れた。

　じつは自分も薬には興味がある。薬草もずいぶん知っている。だが、自ら調合したものを売るとは、図々しいにもほどがある。

「儲かったのか?」

「むちゃくちゃ儲かりました」

「ふん」

薬、九層倍と言われるくらいで、売れたらそれは儲かるはずである。

「でも、そうやって知恵を使って儲かり出すと、かならず出てくるのがいるんです。なんだと思います?」

「出てくる?」

「ええ」

「お化けか?」

鳥居は真面目な顔で訊いた。その薬を飲んで、死んだやつでもいたのかと思ったのだ。

易者は笑って、

「なんでお化けなんか出てくるんですか。やくざですよ」

「ああ、あいつらか」

「やくざといたちごっこですよ。儲かれば、ショバ代を渡せとかならず始まる。それで、怒った金さんが、おいらもやくざのふりをすれば、やくざも文句はつけなくなるだろうって」

「やくざのふり？」

「彫物をしたんです」

「やはり、本当だったのか」

「噂はあるみたいですね」

「どんな絵柄だ？」

「それは勘弁してください」

「なぜ言わぬ」

「金さんは怒ると怖いですから。あたしが話したとわかったら、どんだけ殴られるかわかりませんよ」

「殴る？　遠山はもう五十を過ぎているだろうが」

「金さんは歳なんか気にしません。怒ったときの怖さは半端じゃねえ」

易者はほんとに怯《おび》えている。

「それはぜったい言わぬ」

「いや、それだけは勘弁してくださいよ。二百文は返しますから」

と、百文だけ懐に入れ、二束は押し出してきた。

鳥居は顔をしかめ、

「そのころ、ここらで幅を利かせたやくざは誰だ？」

と、易者に訊いた。

「両国の小結慶次郎《こむすびけいじろう》親分ですよ」

易者がそう言うと、

「まだ生きてます。行きましょう」

岡っ引きが言った。


小結慶次郎というのは、六十くらいの元相撲取りで、じっさい一場所だけだが、小結の位置にいたらしい。恰幅のいい鳥居が細身に見えるくらいの巨漢だが、

「南町奉行鳥居甲斐守さまのお忍びだ」

と、岡っ引きが告げると、肩をすぼめてかしこまった。

「いまから三十年くらい前だ。このあたりでどぶろくや薬をつくって売る若いやつ

を脅したことがあっただろう？」

「どぶろくや薬ですか？　あ、はい、いました。ああ、生意気な野郎で、よほど隅田川に叩き込んでやろうと思ったのですが、逃げ足も速い野郎でした」

「名前を覚えてるか？」

「名前？　ちっと待ってください。金次郎とか」

よく覚えていない。遠山金四郎とは知らないのだ。

「彫物をしてたらしいな？」

「ああ、してました」

「どんな彫物だった？」

「桜吹雪です」

「桜吹雪」

同心の噂と一致する。

「珍しいでしょう。一面の桜吹雪なんて。あの野郎、勢いがいいわりには、たいしたワルでもなかったが、彫物だけはたいしたものでした」

「誰が彫ったかまではわからぬか？」

「いや、あれは彫り師の鮫次郎《さめじろう》です。ここらでいい彫物を入れていたのは、皆、鮫次郎でした。かくいうあっしも」

と、腕をまくると、綱の先っぽみたいなものが見えた。背中には一面、化粧まわしが彫ってあるとのことだった。

彫り師鮫次郎は、柳橋を渡ってすぐ、料亭の〈亀清楼〉の裏手に住んでいた。隅田川が見えるこじゃれた住まいで、二階が仕事場になっているらしい。

鮫次郎はもう七十半ば。自分では彫らず、倅《せがれ》や弟子が彫っている。ただ、いまも客の好みを聞いて、図案は描くのだという。

昔の客のことを訊きたいと告げると、

「客の話はしたくない」

と、そっぽを向いた。

いかにも頑固そうな爺さんである。

岡っ引きが、南町奉行の名をささやくと、一瞬、ゆらめくような表情を見せたが、

「頭が惚《ぼ》けてきて、昔のことは覚えていねえんで」

と、とぼけた。

「では、贅沢をさせているってことで、奉行所に来てもらうか」

鳥居が言った。

「贅沢ですって？」

「贅沢だろうが。彫物などは、派手な着物を着込んでいるのと同じことだ。脱げないだけ、もっと性質《たち》が悪い」

「そんな馬鹿な」

怯えた顔は惚けてなどいない。

「馬鹿なではない」

供の者が二人、鮫次郎の両脇に立った。

「ちょっと待ってください」

「では、言え」

「誰の話です？」

「昔、桜吹雪を彫った男だ」

「あっ」

と、顔色が変わった。知っているのだ。

「そいつが誰かなど、どうでもよいのだ。名前は言わなくてよい。ただ、桜吹雪の柄について訊きたい」

「柄についてですか？」

「珍しいのか？」

「そりゃあ珍しいです。桜だけの絵柄はあっしはほかに彫ったことがありません。たいがいは真ん中に人だの仏だの竜だのを持ってきて、その周りを花だの雲だので飾るんですが、あれは木と花だけですから、こっちの技量も試されましたよ」

「自分が言い出したのか？」

「そうです。お名前に引っかけようとなさったのでしょう」

「遠山桜か」

鳥居は小さな声で言った。

「やくざには見えなかったので、あっしも本当にいいのかと、何度も訊きました。親があったら勘当騒ぎだぜと」

「かまわないと言ったわけだな」

「勘当なんか覚悟の上だと。どうも、お家にいろいろ面倒なことがあって、ご嫡男となるにはすったもんだがあったみたいですね」

名前は言わないが、明らかに遠山のことを語っている。

「妾腹ででもあるのか？」

鳥居はつい気になって訊いた。ぐれたわけが、なんとなく自分の境遇に近いような気がした。

「さあ、妾腹ではなかったと思いますが」

「そうなのか、ふん」

少しがっかりした。

六

源蔵は、かつての瓦版屋の仲間から、本所の手習いの師匠の家を聞き、その師匠からさらに、旗本でかつて浅草の司天台に勤めていた岡部《おかべ》留蔵《とめぞう》という男を教えてもらった。

岡部は司天台をなんらかの理由で退くと、いまは小普請組《こぶしんぐみ》に属しながら、私塾のようなものをしている。

ただ、門下生は一人しかおらず、二人で天文の研究をしているといったものらしい。

ちょうどその門下生が帰って行くところだった。

「先生、さようなら」

まだ十三、四といった年ごろの少年がぴょこんと頭を下げると、

「また明日な」

と、にこやかに見送った。そのようすでは、なかなか慕われているらしい。

「あっしは月照堂という瓦版を出している者なんですが」

岡っ引きとは言わない。岡っ引きが奉行の過去など調べるわけがない。

酒好きと聞いたので、酒にするめまでつけて、手土産で持参した。

「瓦版屋がわたしになにを？」

「じつは、南町奉行の鳥居耀蔵さまのことをお訊きしたくて」

「ああ、鳥居のことか」

そう言って、顔をしかめた。

「ええ」

「悪口にしかならないから、言いたくないな」

と、言ったが、じつは言いたそうである。言って、恨みを発散させたいのだ。

「若いころのご友人だそうで？」

「いっしょに学んだ仲だよ」

「いくつくらいのときですか？」

「十七から二十くらい。まだ、鳥居ではなく、林だったよ」

「どんな人でした？」

「おとなしい男だったよ」

「おとなしい？」

「ああ。鳥居は嫌なやつだが、あのころは悪人という感じはまったくしなかった。どこで変わったのだろうな」

岡部は本当に不思議そうに首をかしげた。

「それからは会わなくなった？」

「いや、たまにお城の中で会うと、話はしていたよ」

「鳥居さまは、もともと異国とか洋学とかは大嫌いだったんですか？」

「そこはよくわからないんだよ」

「わからない？」

「そうしなければいけないという思い込みもあるだろう。なぜなら、おやじは儒学の頂点にいる人だし」

「そうですね」

「あいつの血筋には、思い込むと極端に信奉してしまう傾向があるのさ。従兄弟《いとこ》には、鳥居とは正反対で極端な開国論者もいる。思想は鳥居と両極端になるが、思い込みの強さはそっくりだ」

「へえ」

「面白いものよ」

「中奥番になったのはおいくつのときだったのでしょう？」

「二十八のときだね」

「一生懸命勤めたのでしょうね」

「あいつのことだから、そうだろう」

「それで、一度、中奥番を辞したそうですね」

「そう。自ら勤めをやめたんだよ」

「そのとき、岡部さんは？」

「わたしはすでに職を辞していたよ。というより、いにくくなっていた」

「まさか、鳥居さまが密告を？」

「それはない。あのときは、わたしを追い落としても、あいつになんの得もなかった。むしろ心配してくれたくらいだったよ。ただ、その後、わたしの信頼していた司天台の先輩も、あいつに密告されて辞めざるを得なくなったんだがね」

「では、鳥居さまはなぜ中奥番を？」

「ああ、あのころ、いろいろ思い悩んでいたんだろうな。だが、完全に反西洋で凝り固まっていったのも、そのころではなかったかな」

「岡部さまにも、難癖みたいなことは？」

「してきたよ。渡辺崋山のことを訊いたし、高野長英についても訊かれた。二人がどうなったか知っているかと、脅しまでかけたのには呆れたね」

「洋学のことで?」

「ああ。真実に洋も和もないと言ったら、洋には洋の真実があり、和には和の真実があるんだそうだ」

と言って、岡部は軽蔑したように笑った。

「洋はいっさい認めないんですね?」

「そうなっていた。しかも、道を定めると、今度は反対派をなんとかしようとやっきになる。あのあたりは異常なくらいだな」

「ところで、もう五十年以上前になりますが、巴里で動乱が起きましたよね?」

源蔵は話を変えた。

「よく知っておるな」

「瓦版屋ですのでね。ただ、江戸の人はなんの興味もねえだろうから、書いたりはしないだけですよ」

「なるほど」

「鳥居さまもご存じでしたよね?」

「もちろん知っていたよ。わたしのほうも、司天台にいろんな話が入ってきていたから知っていた。それで、ばったり会ったとき、鳥居と話したことがあったよ」

「どんなことを？」

「鳥居もいろいろばらばらに入ってくる話をまとめ、報告書をつくりたいと言っていたんだ」

「報告書を？」

それは初耳である。

「だが、一揆のとき、巴里の民が三つの言葉を掲げたのだが、その言葉をどう訳すべきか、迷っていると言っていたよ」

「鳥居さまは仏蘭西《フランス》語もできるので？」

「いや、それはできない。蘭語と漢語のほうから、日本語を考えたのだろう。だが、漢語の訳もおかしいとは言っていたな」

「なんと訳したのでしょうか？」

「それはわからない」

「報告書はまだあるのでしょうか？」

「そりゃああるだろうが、報告書なんてのはすぐに埋もれるからな。いまごろは、お城の中で埃《ほこり》をかぶっているだけだろうな」

「ぜひ、知りたいですね」

源蔵は瓦版屋の勘で、核心に触れた気がした。

七

「民が掲げた三つの言葉を、鳥居がどう訳すべきか迷っていた?」

源蔵の報告を聞き、戸田吟斎は自分でつぶした目を瞠るようにした。

吟斎の家に、小鈴、源蔵、そして日之助も来ていた。

「ええ。友人の証言です。あっしはなにかぞくっときました」

「愛と自由と平等のことだよね?」

と、小鈴が訊いた。

「そうだ」

吟斎はうなずいた。

「あの物語の中でも、いちばん心に残るところだよ」

「そうだったかな」

　吟斎は頼りない。

「自分で書いたんじゃないの」

「忘れたのだ。書いた中身も正直、ずいぶん忘れてしまった」

「あたしは覚えているよ」

「そうなのか？」

「喬二郎叔父さんから預かったあと、何度も読み返してみたから」

「まさかお前が読んでいたとはな」

「その言葉は、巴里の町を民が大声で叫びながら歩くところで出てきたよ」

「そうか」

「愛と、自由と、平等だ！　って叫ぶんだよ。でも、物語の最後に、もう一度、そのことに触れていたよね」

「そんな気もする」

「ほんとに頼りないわね。幕府にも、こうした動きに理解を示す人もいるらしいって。それで、掲げられた三つの言葉を訳したのも、幕府の開明的な役人だったというって。それから、こう書いてあったよ」

小鈴は、そこのところを目の前に本があるように、ゆっくり読み上げた。

愛と自由と平等。

なんと美しい言葉であることか。

こうした訳をつけることができる役人も、幕府にはいるのだ。このような人物なら、民のために戦ってくれるだろう。

「愛と自由と平等ですか」

日之助が感慨深げに言った。

「いま思うと、愛という訳が正しいかどうかはわからないな」

吟斎は首をかしげて言った。

「そうなの?」

「うん、ほかの訳も考えられる気がする」

「でも、この三つが並んだのは、すごく新鮮だった」

「そうだな」

「とくに、自由なんて言葉は、あたしは初めて聞いた」

「大昔からあった言葉なんだがな。たしか『平家物語』にも出てきていたくらいだ。意味も同じだ。ただ、あまり使われて来なかったから、新鮮な感じがしたのだろうな」

「つまりその言葉を訳したのって、鳥居耀蔵かもしれないわけだね」

と、小鈴は言った。

「そうなんだよ」

源蔵が嬉しそうにうなずいた。

「鳥居が？」

吟斎は納得いかないようである。

「父さん、そこのところはなにを見て書いたの？」

「幕府の役人が書いたという報告書の写しかなにかだろうな」

「だったら、それを書いたのが、鳥居だったんでしょうよ」

「だが、その報告書には、巴里の騒乱を称賛するような匂いがしていたぞ」

「称賛したんでしょ。若き日の鳥居は」

「だから、やっきになっているんじゃないですか」

源蔵がそう言うと、

「そりゃあ、いまの鳥居にしたら、恥でもあり、傷でもありますよね」

日之助はうなずいた。

「それはわたしも思ってもみなかったな」

吟斎が啞然《あぜん》として言った。

「では、小鈴ちゃん、あの言葉のことはどうなんだろうね?」

と、日之助が小鈴に言った。

「ほら、波、海、母ってやつ」

「ああ、それね」

小鈴はちょっと考え、

「ねえ、父さん。『巴里物語』に、花魁《おいらん》が戦うところがあったでしょう」

と、固いものにでも嚙み当たったような顔をして言った。

「あったな」

「ああいう女の人って、なにか胸にぐっとくるよね」

「そうなのか」

「あたしみたいな生意気な女は違うかもしれないけど、女って忍従ばかり強いられて、ずいぶん我慢して生きてるよ。だから、あんなふうに戦う女がいたと思ったら、嬉しくなるものだよ」

「それで？」

と、日之助が訊いた。

「もし、鳥居の母親もそういう忍従ばかりしているような人で、鳥居がそれを見ていてつらい思いをしていたら、やっぱりあの女に魅力を感じるんじゃないかな」

吟斎には言いにくいが、母のおこうもけっして耐える女ではなかった。忍従するくらいなら、ぜったいほかの道を探した。

鳥居はそういう女が好きなのかもしれない。

そして、愛と自由と平等は、自分で訳しておきながら、胸の奥に突き刺さった言葉だったのかもしれない。

吟斎と二人は、しばらく鳥居の気持ちをおもんぱかるように黙り込んだ。

八

ちょうどこのとき——。

鳥居耀蔵は〈小鈴〉のすぐそばまで来ていた。

遠山金四郎の過去を調べるため外へ出たついでに、行方がわからなくなった戸田吟斎の足取りを追ってみることにしたのだった。

鳥居は、『巴里物語』のことを思うと、いまも胃の腑がひっくり返るような思いがする。

戸田吟斎は、『巴里物語』を書くうえで、いろんな人の話を聞き、多くの資料や文献を参考にしていた。

文章になっているものは、そのまま文言を引き写したところもあった。そのうちの一つに、名はわからなかったが、若い官吏が書いた報告書の写しがあった。どこから出回ったのか、いまとなっては調べようもないだろう。

それが、鳥居が書いた報告書だった。むろん、報告書の原本には名前も入れている。

あの報告書を書き上げたとき、自分でも写しを取ったし、提出する前に友人に回覧させたりもした。そのうちの誰かが、さらに写しを取ったのだ。

そしてそれが、どういうわけか戸田吟斎の手に渡り、あの『巴里物語』に使われてしまった。

報告書は、異国の伝聞に感激し、高揚した気持ちがそのまま表れた文面だった。その高揚した気持ちを伝えようとするかのように、吟斎は『巴里物語』のいくつかの箇所で、報告書からそっくりそのまま引用していた。

――もし、元になる報告書を書いたのが、この鳥居耀蔵だったと知られたりしたら。

鳥居は『巴里物語』の内容を知ったとき、愕然《がくぜん》としたものだった。

かつて自分が提出した報告書に酷似している部分があった。しかも、鳥居が蘭語や漢語を参考に、一揆の性質まで考えて訳した「愛と自由と平等」という言葉が、そのまま使われていた。

愛と自由と平等。

その言葉は、民の一揆への称賛とともに、実母の八穂《やほ》を鼓舞する意味合いも持っていたのである。

母の八穂は、三年前、鳥居の屋敷の離れでひっそりと息を引き取った。

享年六十九。弱々しい身体であったわりには、長く生きたほうだろう。

だが、あの訳をつくったころは生きていたのである。

愚痴っぽい母だった。

よく、いい歳をして、母への強い情愛を口にする者がいるが、鳥居にそれほどの気持ちはなかった。むしろ、いつも母に対する苛立《いらだ》ちを抱えていた気がする。

母はしょっちゅう自分をなじったものだった。

「妾などというのは、体のいい花魁ですよ」

それは怒りではなく、絶望の口調だった。

それが鳥居にはなにより悲しかった。

「だったら、怒ればいいではありませんか」

「怒るって誰をだい?」

母はおろおろしたように訊いた。

「父をですよ。あるいは、女にばかり忍従を強要する世の中にですよ」

愛と自由と平等。

鳥居耀蔵は、この言葉を母にこそ捧げたかったのだ。

遠い異国の仏蘭西では、女たちもそのために戦ったというのですよ。

妾がなんだというのですか！


もし、あの報告書をいま読めば、おそらく不逞の思想そのものと理解されてしまうのではないか。

やがてこの危険な書物『巴里物語』が見つかり、幕府に提出されたとする。すると、かならずや二つの相似に気づく者が現れるだろう。

しかも、報告書に表れた一揆への称賛の気持ちが、『巴里物語』を生むきっかけにさえなっていると推測されるだろう。

じっさい、そうだったのだ。

――なんとしても、『巴里物語』を抹殺しなければならない。

それが、この数年の、鳥居耀蔵の焦りであり、恐怖だった。

冷静に考えれば、おそらくもう『巴里物語』はないのである。おこうが火事で亡くなったとき、原本も焼けてしまったのだ。

鳥居が書いた報告書を元にした部分は、誰も見ることはできない。報告書のほうも、お城のどこかに紛れ込み、一度、鳥居が捜してもらったときも、見つからなかった。

つまり、過去の秘密は、もう誰にも知られることはないのである。

ただ、吟斎がもう一度、書くということはあるかもしれない。あいつは自分が書いたことを過ちだったと認めたし、じっさい中身もずいぶん忘れているはずだが、それでも新たな物語を書き、「愛と自由と平等」という言葉を使うかもしれない。

やはり、殺すまではしなくても、ひとこと脅しておくべきだろう。

隠れ場所に顔を出し、

「ふたたびあのような本を書くことがあれば、そなただけでなく、娘や周辺にいる者たちもすべて、罪を着せることになるからな」

吟斎に、そう釘を刺しておかねばならない。

彫り師の鮫次郎に会ったあと、岡っ引きは帰したが、護衛の四人はいっしょである。

最初は深川の、かつておこうの店があったあたりを歩いた。

数軒の店に声をかけ、戸田吟斎のことを訊ねた。皆、首をかしげるばかりだった。

かつて、おこうに思いを打ち明けた橋の上を歩いた。吟斎を捜すというのは言い訳で、おこうのいた近くに来てみたかったような気もした。

深川から舟を拾い、麻布にやって来た。

一の橋のたもとで舟を下り、一本松坂を上って来た。

おそらく吟斎はこの近くにいる。娘の小鈴を訪ねずにはいられないだろうし、小鈴にしても匿《かくま》うことをせずにはいられない。

〈小鈴〉が見えるところまで来た。

「御前、あそこはたしか」

前にもここに来たことがある護衛の男が言った。

「うむ。戸田吟斎の娘の店だ」

「そうでしたか」

提灯ものれんも出ておらず、洩れてくる明かりもない。

二階は板戸が閉められてあって、よくわからない。

――もう店はやめてしまうのか。

ずいぶん通って来たこの店がなくなってしまうとしたら、鳥居にはひどく寂しいことであるような気がした。

第四章　小鈴の逆襲

一

「愛と自由と平等が、鳥居耀蔵の弱点だったわけですね」

源蔵が言った。

「間違いないだろうな」

と、吟斎はうなずいた。

「その証拠を握れば、おれたちも身を守れるし、逆にあいつを町奉行の座から追い落とすことだってできるかもしれねえ」

「そんなことできる、源蔵さん？」

小鈴が訊いた。

「できるさ。とくに町奉行ってのは、江戸の町人の人気が大事なんだ。昔、根岸肥《ねぎしひ》前守《ぜんのかみ》ってお奉行が、幕閣に反対派がいたにもかかわらず二十年近く町奉行をしていたのも、江戸の町人に人気があったからだ」

「そうなの」

「鳥居はもうすでに町人たちから嫌われている。これであいつの変節漢ぶりをうまくつっつけば、致命傷にだってできるぜ」

「ほう」

吟斎は頼もしそうに源蔵のほうへ顔を向けた。

「でも、下手打つと、逆に鳥居は開明的なところがあるなんて思われるんじゃないですか」

と、日之助が心配した。

「そこらはうまくやらねえとな。糞ぉ、また、瓦版をやりたくなってきたぜ」

「それにはまず原本を見つけないと」

日之助が悔しそうに言った。

「喬二郎叔父さん、逃げてくれたのかしら」

「昌平河岸のそば屋で聞いたけど、沖に出てしまったという噂もあるらしいよ」

「なあに、原本を書いた本人がおられるだろうが」

と、源蔵は吟斎を見た。

「父さん、もう一度、書いて」

「それは難しいかもしれない」

吟斎は自信がない。

――鳥居というやつは……。

そういう思いをかつては持っていながらも、今度はあれほどまで執拗に、自分を理路整然と言い負かしたのである。しかも、自分も鳥居の論理に納得し、結局はあの男を助けることさえしてしまった。

――そしてまた……。

鳥居の変節ぶりを笑うどころではない。

「でも、鳥居を封じるためには、『巴里物語』が要りますぜ」

「吟斎さん。小鈴ちゃんを助けるんでしょう?」

源蔵と日之助からも頼まれた。

「わかった」

吟斎はうなずいた。

二

吹上御庭の一角に、池の中につくられた東屋がある。

大きな傘の下に入るような、子どもが喜びそうなつくりである。

ここに水野忠邦と鳥居耀蔵が来ていた。

茶坊主が数名いっしょに来ていたが、大事な話があると、池の向こう側に追い払った。

「ふっふっふ」

水野が笑った。大事な話というわりには、嬉しそうである。

「茶も菓子もたっぷりある」

「はい」

台の上に、湯の入った鉄瓶や急須など煎茶の道具のほか、重箱三段に詰まった茶菓子がある。

「ゆっくりいい話ができる」

「たまにはゆっくりしないといけませぬ」

「まずは大福だ」

水野はいちばん上の段にあった大福をつまみ、一口で半分ほどを食べた。ゆっくり嚙み、笑みを浮かべながら、ごっくんと音を立てて飲み込んだ。

髭に砂糖の粉がついた。

鳥居はそれが気になったが、教えると嫌な顔をされそうで、言わないでいる。

水野は甘いものに目がなく、高価な菓子を付け届けでもらったりすると、ひどく嬉しそうな顔をする。

そのくせ、このあいだは、両国の〈華屋与兵衛《はなやよへえ》〉と、大橋安宅《あたけ》の〈松の鮓《すし》〉という人気の寿司屋のあるじを、贅沢品を売っていると召し捕らせたほどだった。

大福を二口で食べ終え、つぎは二段目から若葉色をした菓子を取り、これは一口で食べた。

鳥居はまだ大福の途中だが、もう胸がむかむかしている。甘いものは嫌いではないが、水野の食べっぷりが気色悪い。まさに舌なめずりといった食べ方なのだ。

「御前。遠山金四郎には本当に彫物がございました」

「見たのか?」

と、水野は驚いて訊いた。

「いえ、見てはいませんが、彫ったという男を見つけました。しかも、絵柄が独特なのです」

「独特?」

「当ててみますか?」

「ふつうは竜や唐獅子あたりだろうな?」

水野は誘いに乗った。

「そうですな」

「富士山はどうだ。背中に富士山を背負っていたら目立つだろう」

「面白いですね。たしかに、それは目立ちますな」

「だが、粋がってみせたら、湯屋のざくろ口みたいだとか言うやつもいるだろうな」

「あっはっは。それじゃあ、脅しにはなりません」

「なんだろう？　魚の彫物はあるかな。鯨が背中で泳いでいるのもよくないか？」

「ほう、それは見事かもしれませんな。だが、違います」

「なんだ？」

「桜です。桜の花びらが吹雪のように舞い散っています。遠山桜と洒落たらしいです」

「遠山桜！」

「それを彫った彫り師に、同じ絵柄を再現させました。それがこれです」

鳥居は持って来ていた巻き紙を、さあっと広げた。

薄紅色の花びらが、眼前いっぱいに躍った。

等身大である。

「これは」

「見事なものでしょう」

「こんなものが背中一面にあるのか」

「首から腰までです」

「凄いな」

感心しながら、水野は重箱の三段目にあった饅頭を食べた。徳川家康も好物だったという〈塩瀬〉の本饅頭である。

「これで、やくざに対抗しようとしたのですから」

「やはり、遠山という男は不気味だな」

「ええ」

「後悔はしておらぬのかな」

「それはしているでしょう。だから、いままで一部の者しか知らない秘密になっているのです」

「誰にも見せないのか」

「必死で隠してきたのです」

「やくざなら、なんとしても見せたいだろうがな」

水野は嬉しそうに笑った。

「さて、これをどう使いましょうか?」

鳥居は大福をやっとひとつ平らげ、重箱のほうは見ないようにしながら訊いた。

「遠山が、なにか失敗したときのとどめだな」

水野は、また大福に手を伸ばしながら言った。

「失敗を？」

「なにかでっち上げることはできぬのか？」

「でっち上げですか？」

「そなた得意であろうが」

「そういう言い方は」

鳥居も露骨に言われてさすがに鼻白んだ。

「だが、なにもないところから、悪事をひっぱり出すのは十八番《おはこ》ではないか」

「わかりました。考えてみます」

こうなったら、ありもしない罪を、遠山にかぶせてやるつもりだった。

三

「いちばん最初は、なにか口上みたいな文句があったんだよね」

筆を持ったまま、小鈴が言った。

口述筆記をするため、朝早くから、吟斎の長屋にやって来ていた。

小鈴の前に、吟斎が正座し、語りはじめようとしたが、なかなか言葉が出てこないでいた。

「そうだったか」

「うん。これは仏蘭西で起きた一揆の話であるとか」

「うん、それにしよう」

「ちゃんと、父さんの言葉で話してよ」

「だが、最初はそんなところだろう」

「いつだったんだっけ?」

「それは、寛政元年ではなかったか。いや、二年か? 向こうの年号だと、一七八三年だったか……駄目だ、年号すら忘れている」

「あれ? 何年だったたっけ?」

小鈴にしても、一字一句覚えているわけではない。耳になじみのない名前や地名もたくさん出てきた。

「まずいな」

坊主にした頭をかきむしった。吟斎は本当に覚えていないのだ。

「父さん、歳、いくつ？」

「五十三かな」

「物忘れがひどくなる歳じゃないでしょ？」

「だが、目が見えなくなると、文字も忘れてくる。すると、文字で書いた言葉も忘れるのかもしれないな」

「そんなことってあるかしら」

小鈴はすこし怒ったように言った。

たしかにそれは違う――と、吟斎は自分でも思った。

いつごろからか、『巴里物語』を、自分でも忘れたくなっていたのだ。書いたときの情熱は消えてしまっていたのだ。

「最初は、たしか巴里の民がすごくつらい思いをしているところが書いてあったの。あ、そう、鍛冶《かじ》屋の夫婦の話だった」

「鍛冶屋の夫婦か。見もしないでよく書いたものだ」

「でも、家のつくりとかも書いてあったよ」

「それは向こうの本の絵を見たりして書いたからだ。だが、あの石の冷たさとか、町のひどい臭《にお》いとか、そういうのもわかっていなかった」

「そんなの誰だってわかんないわよ」

「だが、わたしは巴里をこの目で見てきたのだ」

　吟斎は、嫌な思い出を語るような、暗い口調で言った。

「え？　巴里になんか行けるものなの？」

「もちろん、直接、巴里に行ったわけではない。まずは清国に渡り、そこからいろいろ苦労して辿り着いた」

「ほんとに行ったんだ」

「意外に多くの日本人が世界に行っているよ。それは書き記されていないだけだ。巴里でも、あの一揆のときに日本人がいたという話も聞いた」

「そうなの」

「巴里には着いたが、あまり喜ぶことはできなかったのだ。そこで見た光景は、夢見たような結果ではなかった」

「でも、一揆は成功したんでしょ？」

「した。が、その後のまつりごとは決して成功とは言えなかったのだろうな」

吟斎はため息をついた。

「どうしたの、ため息なんかついて？」

「ちょっと疲れたよ。最近、使っていない頭を使ったからだろうな」

「じゃあ、今日は無理せずにやめておこうか」

「そうしてくれるとありがたい」

「でも、明日、また来るよ」

小鈴はそう言って、帰って行った。


吟斎はうつむき、じっと考え込んだ。

わたしが生きている限り、鳥居は邪魔に思うだろう。いつかまた、あらたな『巴里物語』を書くことを警戒するだろう。

だが、死んだと聞けば、安心し、小鈴たちへ手を伸ばすこともやめるはずである。

――やはり、それしかない。

帯がわりにしていた紐をほどいて丸く結び、手探りでそれをかけるところを探した。

　なかなか見つからない。

　やっと押入れの上にかけられる場所を見つけた。押入れの上の段から下りるようにすればいい。

　首をかけようとしたとき、がらりと戸が開いた。

「父さん。それはあんまりだよ」

　怒りの声だった。

「小鈴」

「それで死んだら、あたしは心の底から軽蔑するよ」

「いろんなことが自分の中で打ち消されてしまったからだと思うんだが、まったく思い出せないんだ」

「慌てているからだよ。じっくり思い出していけばいい」

「だが、鳥居の手が迫っているぞ」

「それはあたしたちが考えることだよ」

　小鈴は紐を外し、結び目をほどいて手渡しながら、

「もう、しないで」

と、悲しげな声で言った。

四

小鈴は家にもどって来た。

嫌な予感がして引き返したのだが、父が死のうとしていたのは衝撃だった。

かわいそうにと思う気持ちと同時に、強い怒りも湧く。

二階に上がってから、

「あんたのせいで始まったことだろうが！」

と、声に出して言った。父にはやはり言えなかった。

剣幕に驚いたらしく、

「にゃあ」

と、押入れの中でみかんが鳴いた。

だが、父があの『巴里物語』を書いたことは間違ってはいない。やむにやまれぬ気持ちもわかる。きっと母さんも同じだった気がする。

いったんは鳥居に屈したのも事実だろう。

だが、追い詰められ、痛いところを突かれた結果なのだろう。

だったら、また考えをひるがえせばいいではないか。男って、どうしてもっと強かに生きられないのだろう。

――弱いよ、男は。

と、小鈴は思った。男のくせにではない。男って、そもそも弱い生きものの気がする。

恰好ばかり気にして。だいたい人間なんか生きていたら間違うことだってある。そしたら、またやり直せばいい。なんて言ったっけ。捲土重来《けんどちょうらい》だ。

だが、しばらくは『巴里物語』を書くなんて無理ではないか。そのうち鳥居が動き出して、父さんもこの店も危うくなる。

――どうしよう。

せっかく、「愛と自由と平等」が鳥居の訳だとわかっても、それを示すことのできる本がないのだから。

「小鈴ちゃん。そんなもの、なくたっていいじゃねえか」

頭の中で、星川の声がした。

「星川さん……」

「そうだよ、小鈴。あることにして、誰か別の人に預けてあるってことにすればいい」

おこうが言った。

「母さん」

頭の中の声だった。

だが、本当に二人が語りかけてきたように思えた。

なくてもいい？　あることにすればいい？

まるで手妻のような思いつきだった。

五

鳥居耀蔵は、一揆の一味が隠れていた武具屋を調べていた。

ここは、置いてあるものが武器というだけでなく、じつに物騒な場所だった。ほうぼうに鉄板が張られ、罠があり、防備があった。いざ、ことがあったときは、砦《とりで》にもなる。二、三十人くらいの攻撃ならものともしない。そんな家につくり変えられていたのである。

前の隠れ家に甥の八幡信三郎が突入し、大塩は命からがら逃げ出したことがあった。そのときの教訓が生かされていた。

——なんてやつらだったのだ。

じっさい、あの晩は危うかったのかもしれない。あの制圧が長引き、どこかに立て籠り、朝を迎えでもしたら、不良浪人が次々に加わり、野次馬も巻き込んで、とんでもない事態に発展するということもあり得たのだ。

風がおさまって、やつらの思惑通りに火が広がらなかったこと。大坂の町人たちほど江戸の町人は騒ぎに乗じなかったこと。いくつかの幸運のおかげで、大塩の思惑は不発に終わっただけなのかもしれない。

鳥居は背筋が寒くなってきた。

——やはり、危険な芽はどんどん摘んでいかなければならない。

そうこうするうち、

「ん？　それは、なんだ？」

と、鳥居は二階にあった十手《じって》を指差した。

「十手ですな」

調べに当たっていた同心が答えた。

「そんなことはわかっている」

「売り物にしては汚れてますね」

「寄こせ」

よく見た。

傷がある。使われてきたものだ。

房の中に、名を記した切れが結ばれてあった。

三宅新之助とあった。

それは、中川の川原で斬られて死んだ遠山家の家来のものだった。

斬ったのは、甥の八幡信三郎だったことはわかっている。あいつが自分でそう言い、まずいことをしたと心配したのだ。

遠山は斬った男を捜すなどと言ったが、まだ見つかっていない。

——なぜ、ここにあったか？

いや、それはどうでもいいのだ。

大事なのは、ここにあったということを、こっちの都合がいいように使えるかどうかということなのだ。

でっち上げ。

まさにその材料となりそうな気がする。

曲者一味に遠山家の密偵が斬られ、十手まで奪われたということは、遠山が不覚を取ったということだろう。

そんなものを送り込んだからこそ、まずいことになった。

その不覚を責めようか。

いや、それだけではたいした失敗にはならない。

「かなり親しくしていた疑いがある」

と、するか。つまり、遠山と大塩は一味だったと。

それはさすがに無理がある。

「暴動の稽古を見逃していたのではないか」

そういう疑いもあり得る。

だが、遠山の家来はそこまで迫ったが、鳥居のほうは漫然としていたことになってしまう。

なにかないか。

「そうだ」

鳥居は紙を出し、ほかの同心たちに見られないよう、急いで書いた。


遠山金四郎の密偵を脅し、訊き出したこと。
一、大塩平八郎の死について疑いは持っているが、生きているという確信はないこと。
一、生きていても公にはすべきでないと考えていること。
一、鳥居耀蔵は鋭い男で、監視の目が厳しいこと。
一、やるなら遠山が月番のときに決行すべきこと。

「おい、こんなものを見つけた」

鳥居は近くにいた同心に、自分が書いた覚書を見せた。

「なんですか、それは？　遠山さまの名前もありますな」

「以前、中川の川原で斬られた遠山の家来は、脅され、いろいろしゃべってしまったらしいな。その覚書らしい」

「ほう」

「評定所の会議で話されていたことが洩れている」

「それはまずいですね」

「まずいなんてものではない。こうしたことがきっかけで、あの一揆につながっていったのだ」

鳥居は義憤にかられたように言った。

「これはどうかするのですか？」

同心が訊いた。

「会議の議題として持ち出すべきだな」

これで、遠山金四郎の失態となる。

そして、最後に彫物のことを暴露するのだ。

なんなら会議の場で背中を見せてもらうのもいい。

でっち上げの最後に真実を持ってくる。それで、前の嘘も真実になるのだ。

こまかい点が正しいか、正しくないかなど、どうでもよいのだ。大事なのは、大きな道が正しいかどうかだ。

遠山金四郎は、わたしと水野忠邦が推進する改革を止めようとしている。その大きな悪を懲らしめるのに、瑣末な悪事を使うのは、天に則《のっと》ったおこないであろう。

「これで、あいつも終わりだ」

鳥居はつぶやいた。

六

「あることにして、誰か別のところに預けてあると言うの。そして、あたしたちになにかあれば、それが公になってしまうって」

と、小鈴は自分の思いつきを打ち明けた。

〈小鈴〉の一階である。源蔵と日之助に、相談ごとがあると言って来てもらった。

「なるほど。それは面白い手だ」

と、源蔵は言った。

「手妻みたいな手だけどね」

吟斎はまだなにも思い出すことはできず、『巴里物語』の新版が完成するとはとても思えない。

「いや、いいんだ。すでに、愛と自由と平等のことを摑んでいると報せれば、それだけでもあいつにとっては脅威となる。ただ……」

源蔵は言葉を濁した。

「ただ、なに？」

「誰か別のところというのが弱いな」

「そうだよね」

「待てよ。ちょっといい手を思いついた」

「なに？」

「ちょっと待ってくれ」

源蔵は腕組みし、自分の思いつきをやれるかどうか検討しているらしい。

しばらくして、にやりとした。

「やれそうなの？」

小鈴はじれったい思いで訊いた。

「まだ、わからねえが、その誰かを、北町奉行の遠山金四郎にする」

「北町奉行！」

小鈴は目を丸くした。

「鳥居に遠山をぶつけるのですか」

これにには日之助も驚いた。

「同じ町奉行同士でしょ？」

小鈴は不安げに訊いた。

「ところが、仲は悪いという評判だよな。それはたぶんほんとだ」

「それって、芝居のことでしょ」

「南の鳥居はかなり厳しく芝居を締めつけようとしたのに、北の遠山がそれに反対したらしいぜ」

「ほんとなのかなあ。ただの噂じゃないの？」

「いや、そういうのって意外に伝わるものなんだよ。町人と直《じか》に接する同心あたりから洩れるんだろうな」

「でも、どうやって遠山金四郎と会えるの？」

「それだよ」

「星川さんの倅に頼んでは？」

「駄目だ。遠山金四郎は北町奉行。星川さんは南の同心だったから、倅もそうだろう」

「そうか」

「いや、なんとか考えよう」

源蔵はなんとしてもやるつもりらしい。


日之助は迷っていた。

遠山金四郎に会う手立てはあるかもしれない。

それは、父親に頼むという方法だった。

札差という仕事上、どうしたって町奉行とは面識ができる。いろいろ接待もすれば、あのおやじのことだから派手な賄賂も届けているだろう。

悩んだ末に実家を訪ねた。

「日之助」

「おひさしぶりで」

「わしもそろそろ訪ねようと思っていた」

「そうですか」

「だが、追い返されるのがオチだろうとも思っていた」

「そこまではしませんよ」

「どうだ、暮らしは？」

「はい。まったく不自由はしてません」

「大変だったな。紅蜘蛛小僧だと疑われて」

「ええ。でも、すでに勘当されているから、そっちに迷惑はかかってないでしょう」

「ああ、大丈夫だ」

親子の対話だがぎこちない。

だが、以前の険しい目はどちらにもない。

「なんだ、用は？」

「訊きたいことがありまして。町奉行たちとは、あいかわらず懇意なんでしょうね？」

「そうであるべきだが、お前の件もあって、鳥居さまとはもう付き合わないことにしたのさ」

「そんなわけにいくんですか？　逆につぶされてしまうのでは？」

「それは大丈夫だ。札差なんてのは、ほうぼうに伝手《つて》を持っている」

「北のお奉行にも？」

「もちろんさ。むしろ遠山さまのほうがわれわれ商人にはありがたいくらいだ。鳥居さまには、いつまでもお奉行の座にいて欲しくない」

「だったら、そうしたらいい。ひとつだけやって欲しいことがあるのですが」

「なんだ？」

「わたしを遠山さまに会わせてもらいたいんですよ」

七

数日後――。

日本橋の料亭〈白牡丹〉に、内密の席が設けられた。

北町奉行遠山金四郎に、日之助と源蔵と小鈴、そして戸田吟斎が面会することになった。

北町奉行所は日本橋からもすぐ近くである。

日之助の父は挨拶だけして下がった。

「遠山さまは、南町奉行の弱点をお知りになりたいですか？」

小鈴はいきなり訊いた。

「ほう。面白いことを言うね、お嬢さんは」

「どうでしょう？」

「それは知りたいさ」

「ここにいるのはあたしの父で、かつて『巴里物語』という私家版の書物をつくり、それをいろんな方に読んでもらって共感も得ました。かつて、巴里であった民の一揆について書いたものです」

「巴里の民衆一揆については知っている。それと『巴里物語』のことも聞き及んでいた。あんたが書いたのかい？」

「それをまだ南町奉行になる前から、鳥居耀蔵が入手し、抹殺しようとしてきました。そのため、何人もの人が命を落としています」

「ほう」

「鳥居耀蔵がこの『巴里物語』を極度に嫌がるのは、おそらく訳があります」

「どんな？」

小鈴はこれまでのことを語った。

「面白《おもしれ》え話だな」

遠山金四郎の顔が輝いていた。

「証拠はありません。でも、この推測は間違っていないと思っています」

「ああ、当たっているとおいらも思うぜ」

「遠山さまに預けたことにしてもらえませんか」

「かまわねえよ」

かんたんに引き受けた。

「ただ、これをうまく利用できるかどうかは、運も関わってくる」

「そうでしょうね」

「鳥居って野郎はじつに鬱陶《うっとう》しい」

「よくわかります」

「じつは、心配なこともある」

「なんでしょう？」

「おいらにも危機が迫っている」

「危機？」

「どうも、おいらが昔ぐれていたときのことを訊きまわり、背中の彫物について知ったみたいなんだ」

「ほんとなのですか、その話は？」

「ほんとだよ。噂は昔から出ていたんだ。おいらが公事《くじ》方の勘定奉行になったあたりから、そういう噂が出ているとは聞いていた。公事方の勘定奉行ってのは、幕領のもめごとのお裁きをするところなんだが、裁くほうも彫物を入れているってな」

「そうなんですか」

「若気の至りさ」

遠山は背中を見せた。

「こ、これは……」

一同、息を呑んだ。

見事な遠山桜である。

「やっぱり、これはまずいよな。いまさら消せねえ恥と傷だ」

皆が呆然と見ているなか、

「それは逆手に取ったほうがよろしいでしょう」

と、一人だけ見えていない吟斎は言った。

「逆手に？」

「この国の人間が大好きな話というのが二つあるのです。ひとつは、若さまや姫さまが、身分を取り上げられ、さんざん苦労した末に元のところにもどるという話。もうひとつは、昔、悪さをした者が改心して、出世をし、下情に通じた偉い人になるという話」

「なるほど」

「水戸の黄門さまがやはり若いときは手のつけられない乱暴者だったそうで、いまではたいそうな人格者として人気がある。近ごろは噺家《はなしか》あたりが、黄門さまが各地を漫遊するような話も語っているそうです」

「ほう」

「町奉行にもおられました。根岸肥前守さまは、どうも出自は武士でなく、若いときには無頼の徒に交じり、腕に彫物までされていた。だが、その後の出世と名奉行ぶりは、いまだに語り伝えられている」

「そうだな」

「遠山さまも、ここに乗っかるのです」

「乗っかるのかい？」

「逆に、昔、悪かったことを明らかにし、瓦版に書かせるくらいでいいのです」

「そりゃあ、面白いかもしれねえな。するってえと」

「鳥居さまは、つっつきようがなくなる。なにかすれば、逆に嫉妬だと思われてしまうだけでしょう」

「よし」

遠山は嬉しそうに手を叩いた。

八

数日後——

お城の黒書院における会議が始まろうとしていた。

それぞれ複数いる老中、若年寄、大目付、寺社奉行、勘定奉行、南北町奉行……いわゆる幕閣の面々が勢ぞろいしたところで、

「いやあ、参りましたな」

と、遠山金四郎が大きな声を上げた。

「どうなさった、遠山どの?」

勘定奉行の一人が訊いた。親遠山派である。もちろん、すでに打ち合わせもすんでいる。

「今朝ほど、こんな瓦版を撒かれました」

いきなり瓦版を四、五枚、部屋の真ん中にばら撒いてみせた。

「こ、これは」

水野忠邦が唖然として遠山の顔を見た。

「おいらのことを書きやがったんですよ。このところ、おいらの昔の知り合いにこそこそ訊いてまわっているやつがいるとは聞いていたのですが、まさか、こんなものを書くためだったとはね」

笑いながら鳥居の顔を見た。

大きく遠山金四郎の後ろ姿が描かれている。しかも、上半身裸であり、背中にはやがて有名になる桜吹雪の彫物がはっきりと描かれている。

見出しは大きく、

「さすが、遠山桜」

と、ある。

記事のほうには遠山の若かりしころの武勇伝がいくつか並べられ、まるで英雄扱いである。

「こ、この背中の彫物は、本当のことなのか？」

寺社奉行の一人が、遠山を気味悪そうに見て訊いた。

「ええ、まあ。なんならお見せしましょうか」

袖に手を入れ出したので、

「いや、そんなものは見なくてもよい」

慌てて止めた。

「そなた、恥ずかしくはないのか？」

大目付が訊いた。

「それは恥ですが、若気の至りというもので、皆さまにもおありでしょうし」

と、水野を見た。

水野は顔をそむけ、

「こっちを見るな」

と、小さく言った。

「鳥居どのもなさそうですが、なにかしらは」

「なんだな」

そっぽを向いた。

「まあ、悪党どもに睨みも利くわけだし、消せるわけでもないし、うっちゃっておくのがよいでしょう。なあ、遠山？」

勘定奉行が訊いた。もちろん、根回し通りである。

「恐れ入ります」

あっけなく一件落着となった。


「じつは、わたしのほうにも」

と、鳥居が一同を見回し、十手を取り出した。

「これは、千駄ヶ谷にあった大塩の隠れ家を調べているとき見つけたものでして」

「十手ではないか」

水野が興味津々というふうにそれを摑み、

「ん？　名前があるぞ」

と、言った。

「ええ。三宅新之助とありますでしょう。これは、亡くなった遠山どののご家来でしたな?」

「いかにも。それはおいらの家臣の遺品。預からせていただこう」

と、遠山は手を差し出した。

「ちと、お待ちを。じつは、この十手といっしょに、このような書付が出てまいりましてな」

鳥居は、あのとき書いた覚書を皆の前に広げた。

「どうやら、その三宅新之助が大塩らに捕まったとき、拷問でも受けたのか、いろいろ話してしまったらしいのです」

「なるほど、そのようだ」

と、寺社奉行の一人がうなずいた。

「だが、この覚書、よく読むと、由々しきことが書かれているのです」

「む?　どのことじゃな?」

「大塩のことは公にはしないなどといった、ここの会議で話されていたことが洩れているではありませんか」

「ほんとだな」

「これは」

何人かから驚きの声が上がった。

「まずいなどというものではありませせぬ。こうしたことがきっかけで、あの一揆につながっていったのだと思われます」

鳥居は義憤にかられたように言った。

「あっはっは」

笑い声が出た。遠山金四郎である。

「遠山どの。なにがおかしい？」

鳥居は睨みつけた。

「いやはや、じつに奇怪なものが現われたものだ。鳥居どのは、大塩たちがおいらの家来を脅して訊き出したとおっしゃるが、いつのことでござる？」

「それは斬られる前、あの川原で」

「おいらは、下手人を割り出すため、あのときのことを詳しく再現してみたのです。あそこでなにが行われたのかを、足取りから足跡、目撃証言、あらゆるものを集めた再現ですぞ。それから察するに、脅してそんな話を訊き出すなどという暇はまっ

いた。

遠山が言うのは嘘ではない。残った足跡で戦いまでの動きがはっきりとわかっていた。

「そんな」

「お疑いなら、皆さまをあの川原へお連れして、再現してみてもかまいませんぞ」

「いや、そこまではしなくてもよい」

水野が不機嫌そうに言った。

「しかも、鳥居どのは、あの場にもう一人男がいた謎はどう解かれる?」

「それはあまり重要ではあるまい」

「いいえ、その男こそ、重要なのです。おいらは、そいつこそ、家来を斬った下手人であると確信いたしました。その男は目撃証言をもとにして人相書までできております」

遠山はすでに用意しておいたらしく、手文庫からその紙を出した。

「これです」

鳥居はちらりと見て、顔をそむけた。

八幡信三郎はこのまま現われなくていいと思ったほど、甥っこにそっくりの人相書だった。

会議が終わったあと、遠山金四郎は鳥居耀蔵を呼び止めた。

「鳥居どの。ちと、話が」

馴れなれしく肩まで抱くようにした。

「なにか?」

鳥居はムッとして遠山を睨んだ。

「じつは、おいらのほうでも蘭学者には目をつけていましてな」

「蘭学者?」

「ええ。とくに、戸田吟斎という男」

「え」

「鳥居どののお屋敷に匿われていると知ったときは驚いた」

「か、匿うだなどと」

鳥居は愕然とした。言われてみれば、匿っていると取られても、弁解のしようがないのである。

「匿っておられたではないですか」

「あれは吟斎の考えを変えさせるためで」

「ま、それはいいでしょう。ただ、吟斎にまつわる面白い書物を見つけましてな」

「書物？」

「戸田吟斎の書いた『巴里物語』を入手したのです」

「えっ」

鳥居耀蔵の顔が強張《こわば》った。

「あれはたしかに世に出すべきものではない。危険きわまりない書物だ。ただ、あの書物の前に、あれに影響を与えたものがあったみたいなんだよ。それは、若い役人が書いた報告書」

「…………」

「その報告書には巴里の民衆が一揆のときに掲げた三つの言葉が訳されていたのさ。かつて誰もそんな言葉では訳していない、新鮮な響きを持った言葉だった。しかも、その報告書にはある種の感動さえうかがえた」

「…………」

「なあ、鳥居さんよ」

遠山の口調はさらに変わっていた。

「おいらは戸田吟斎の居場所も嗅《か》ぎつけたぜ。だが、なにもする気はねえよ。ここはいったん騒ぎを鎮めるべきだからな」

「…………」

「それで、鳥居さんは、この先、〈小鈴〉とはあまり関わり合わないほうがいいと思うぜ」

「なんと」

「あそこの連中については、おいらがいっさい取り仕切ることにした。それでいいだろう？」

遠山金四郎は、有無を言わさぬ口調で言った。

「そ、それは」

「どうなんだよ？」

「わかった。あの連中のことはもう忘れる」

鳥居は胸が締め付けられるような思いで、やっとそう言った。

「おいらが水野さまとあんたの目の上のたんこぶになってるのはよくわかってるぜ。いまや、一刻も早く、町奉行の座からおっぱらいてえところだろうが、そうはいかねえぜ」

遠山はもう、完全に町のごろつきの言葉使いだった。

第五章　謎だらけの飲み屋

一

酔客でにぎわう〈小鈴〉に、常連で提灯屋をしている団七《だんしち》が入って来て、

「大変だ」

と、大きな声で言った。

「団七さんの大変は、五割引き」

湯屋のお九がからかうように言った。

団七は心配性で、ちょっとしたことでも気にしはじめると止まらなくなるのは、常連客ならみんな知っている。

「ほんとに大変なんだってば。ほら、太鼓師の治作《じさく》。あいつ、人殺しの下手人だというので、捕まっちまった」

「……………」

これにはさすがに一同ぶったまげて、店のなかも一瞬、静まり返った。

「人殺しの下手人？　殺されたんじゃなくて？」

治作と仲のいい笛師の甚太《じんた》が訊いた。

以前、ここの常連たちのあいだで、悪い冗談みたいに誰はどんな死に方をするか、予想していたことがあった。そのとき、人が善くて、少し抜けたところがある治作は、「くだらない理由とか誤解で殺される」という予想が出たのだった。

「そうじゃねえ。治作が殺したらしい」

「そんな馬鹿な」

甚太が言うと、店のなかにいた者全員が、いっせいにうなずいた。

「嘘だと思うなら、下の番屋に行ってみなよ。ただ、奥の部屋に入れられちまったので、会わせてはもらえないけどな」

「治作がいったい誰を殺したっていうんだよ？」

「ほら、高利貸しの勝右衛門《かつえもん》」

「ああ、あいつか。あいつなら誰に殺されたって不思議はねえ。なんで治作がやったってわかるんだよ？」
「それは、治作の家の土間で倒れていたからだよ」
「あいつん家《ち》で？」
「治作が外からもどって来たら、勝右衛門が土間のところで倒れていたんだと。そ
れですぐ番屋に報せたらしいんだけど、どうも治作の挙動が怪しいってことになっ
たらしいぜ」
「源蔵さんが調べたの？」
　小鈴が心配そうに訊いた。
「そうだよ。源蔵さんは、もうちっと問い詰めてからと言ったらしいんだが、ちょ
うど回って来た同心の……なんてったっけ、小鈴ちゃん？　ほら、あの若くて、ひ
ょろっとした」
「佐野《さの》章二郎《しょうじろう》さまでしょ」
「そう。その佐野さまが、治作があまりにも肝心なことに答えず、おれじゃねえ、
を繰り返すだけなので、とりあえずお縄ってことになってしまったそうだぜ」
　団七はそこまで事情を説明すると、空いていた樽に座って、まずは一杯飲んだ。

ほかの客は、唖然として、いまの団七の話を頭のなかで繰り返しているみたいである。

「あいつ、だいたいふだんから、くだらないことはよくしゃべるけど、肝心なことになると、口が重くなってたからなあ」

甚太がそう言うと、

「それは、責められることじゃないよ。大事なことについて、口が重くなるのは当たり前なんだから」

お九の湯屋で働くちあきが言った。ちあきは若い娘にしては、なかなか理屈っぽいところがある。

「勝右衛門みたいなやつは、みんなに早く死んでもらいたいと願われつつ、百まで生きたりすると思っていたんだがなあ」

じっさい、勝右衛門は麻布一帯で大勢から恨まれていた。

この店にも何度か来たことがある。だが、常連客に嫌がられ、いにくくなったらしく、じきに来なくなった。

「治作さんは、お金を借りてたわけじゃないでしょ?」

小鈴が団七に訊いた。

「それが、どうも借りていたらしいよ」

「まずいねえ、それは」

と、お九が言った。

「まずいねえ」

ご隠居も眉をひそめた。

「馬鹿だなあ。あいつから金を借りると、ひどい目に遭うってのはわかりきってるのに。取り立てのしつこさときたら、夜中にいつの間にか枕元に座っていたって話もあるくらいなんだ」

甚太が心配そうに言った。

「うわぁあ、怖いな」

「たぶん、治作のとこにも取り立てに行ったんだよ」

「それで、返せないからって殺したわけ？　そんな馬鹿な」

お九が鼻で笑った。

「でも、高利貸しに借りてるのに、この店に来てくれていたと思うと、なんだか責任感じるよね」

　小鈴がそう言うと、

「そんなもの感じなくていいよ、小鈴ちゃん」

　甚太がかばい、

「そうだよ」

　お九もうなずいた。

「でも、なんか事情があったんでしょうに」

「これだよ、これ」

　と、甚太は小指を出した。

「そうなの？」

「煙草屋の看板娘に惚《ほ》れて、毎日、煙草を買いに行ってたのさ。だから、家に行くと、煙草だらけ」

「ふうん」

　そう言えば、ここでも煙草の量は増えていたかもしれない。

　だが、それにしたって、治作が人殺しだなんて、とても信じられない。

大塩の騒ぎから半年以上過ぎた。

いまは十月（旧暦）も末。寒さも厳しい季節になっている。

星川の死の衝撃で、〈小鈴〉を開けるまでひと月近くかかったが、もう以前と変わりなく営業し、繁盛している。

飲み屋をしていると、常連たちからしょっちゅう面白い話が持ち込まれる。だが、人殺しなどというおおごとはひさしぶりである。

客がほぼ一回りして、お九たちもいなくなったころ。

「ちっと、晩飯を食べさせてくれ」

と、源蔵が寒そうに肩をすくめて入って来た。

女房のお染がすぐにそばに寄り、

「一本つけようか？」

と、やさしい声で訊いた。

源蔵とお染が祝言を上げたのは、先月のことである。お染の芝の家は売り払い、ここの坂下に新しく家を買っていた。

「いや、まだ調べがあるんで、飲めねえんだ」

「じゃあ、田舎鍋を食べて。そこにうどんと卵を落とすから」

お染はいそいそと支度をした。

「ねえ、治作さんをお縄にしたんだって?」

小鈴が源蔵のわきに来て訊いた。

「お縄といっても、まだ、裁きに出すと決めたわけじゃねえ。佐野の旦那の虫の居どころがよくなかったのさ」

「だったら……」

いったんは家に帰してあげればいい。こんな寒い晩に番屋で寝るなんて可哀そうではないか。

「ところが、治作ときたら、動揺しちゃって、話にならねえんだよ」

「治作はああ見えて、すごく気が弱いんですよ」

と、わきから甚太が言った。おそらく源蔵が来るから、そのときようすを訊きたいと、甚太はまだ残っていたのだ。

「それはおれにもわかるさ」

「どう考えたって、人殺しなんかするわけないですよ」

「ま、一晩あそこに置いたほうがいいかもしれねえ。妙に興奮してるから、なにするかわからねえし」

源蔵はそう言って、できた鍋をうまそうに食べながら、

「ただ、妙なことがあるんだよ」

と、小鈴を見た。

「なに？」

「勝右衛門は、石で殴られていたんだが、その石ってのが漬け物石なんだよ」

「それが？」

「治作の家に漬け物なんかねえんだ」

「ああ、あいつが漬け物なんか漬けるわけありませんよ」

甚太は言った。

「気になって両隣に訊いてみた。どっちも漬け物はつくっていたが、石はなくなっていねえ。それから、又八《またはち》にも町内を訊きに回らせたが、どこでも漬け物石なんかなくなっちゃいねえんだ」

又八というのは、最近、源蔵が使うようになった下っ引きである。まだ十九の若者だが、なかなか気も利いているらしい。

下っ引きを動かす源蔵は、いかにも親分の貫禄が漂うと町でも評判である。

「それは変な話ね」

小鈴も言った。

「だろう?」

「ほんとに漬け物石なの?」

「ああ。ちゃんとなにかを漬けた匂いがしたぜ」

「じゃあ、治作さんが勝右衛門を殴るために、わざわざどこか遠くから漬け物石を持ってきたことになるの?」

小鈴が首をかしげると、

「治作はそんな面倒なことはしませんよ。だったら、手で絞めるか、あいつんとこは大太鼓を叩く太いバチだってあるんだから、それで殴ったほうがよっぽどかんたんじゃねえですか」

甚太はそう言った。

なんだか解《げ》せない話である。

源蔵も同じ気持ちらしいが、いまはうっかりしたことを言えないのだろう。

うまそうに汁まで飲み干すと、

「じゃあ、また、行って来るわ」

「布団温めておくね」

お染の甘い言葉に送られて、源蔵は寒い夜のなかへ出て行った。

二

翌日――。

小鈴は朝早くに野菜を仕入れるので一本松坂を下りた。

吟斎の家をちらりとのぞいた。

「父さん、おはよう」

「おう。おはよう」

今日はご飯を炊いたらしく、かまどから湯気が出ている。

目が見えないのに、ご飯を炊くのは大変だろうが、小鈴は手伝ったりしない。吟斎もそれを嫌がる。すべて自分の手でやると言って聞かない。見えないなら見えないなりの工夫を考えるのだという。

――この家の前の住人だった星川さんもそうだった。

「おかずはあるの？」

「ああ、もうじき納豆売りが来るし、患者にもらった小魚の佃煮もある」

「患者さんから差し入れがあるなんて、信頼されてる証拠だね」

「そうだな」

吟斎の揉み治療の商売はたいそう繁盛している。一日に十人以上、治療する日もあるらしい。ここに来る客もいれば、吟斎が訪ねて行く場合もある。

なにせ、元は優秀な蘭方医。診断も的確で、揉んだあと、薬の処方までしてもらえるのだ。繁盛するわけである。

「じゃあね」

さっとようすを見て、一の橋のたもとに出ている野菜売りのところに行こうとして、番屋の前で足を止めた。

源蔵が番太郎といっしょに座って、茶を飲んでいた。

治作の姿は見えないが、奥の小部屋にいるのだろう。

治作は猫を飼っていて、餌を与えないといけない。それは甚太がやってくれると言っていた。

「おっ、小鈴ちゃん」

目が合って、源蔵が外に出て来た。

「あれが、石？」

土間の隅を指差した。

「ああ、そう。見てくれよ」

と、中からその石を持ってきた。

血がついていると嫌だなと思ったが、見た目にはわからない。

「血がついてないね。ほんとにこれで殴ったの？」

「ああ、遺体のほうも血はたいしたことはねえ。髷の上から殴って、すぐに転がったから血はついてないけど、頭の陥没を見ると、ちょうど石が当たったみたいにへこんでいたよ」

見た目はまさしく漬け物石である。楕円形で座りもいいし、持ちやすくもある。

恐る恐る鼻を近づけた。

「ん?」

たしかに漬け物の匂いがする。それも甘い麹の匂い。

「べったら漬けに使っていたみたいね」

源蔵もあらためて嗅いでみて、

「あ、そうだな」

と、うなずいた。

「べったら漬けだとすると、ふつうの家じゃやらないよね」

「そうか?」

「甘い漬け物を一樽漬けるんだったら、タクアンにするよ。漬け物屋さんか、宿屋みたいに大勢にご飯を食べさせるところだよ」

「なるほど」

一の橋の近くには三軒ほど宿屋もある。さっそく当たってくれるだろう。

「あれ?」

小鈴はまた首をかしげた。

「どうしたい？」

「いや、ちょっと変な気が」

よくわからないが、持ったときの感じが気になっている。

なんだろう？　思いつかない。

「気づいたら教えてくれよ。小鈴ちゃんの勘のよさは天下一品だからな」

「わかった。治作さん、落ち着いた？」

「いまは、寝てるよ。昨夜は興奮して、仏さまに祈りっぱなしだったらしい」

「あんまり脅さないでよ」

そう言って、野菜を買いに一の橋のたもとに向かった。

広尾のほうの農家のおばちゃんが売りに来ているが、それほど種類は多くない。

大根に冬菜、それとかぼちゃ。

かぼちゃを買って抱えたとき、さっき変だと思ったのがなんだったかに気がつき、
そのまま、また番屋にもどった。

「ねえ、源蔵さん。さっき変だと思ったこと、わかったよ」

「なに?」

「あの石の重さ、たぶん二貫目(七・五キロ)ちょうどくらいだと思うよ」

「二貫目?」

源蔵はそう言って、小鈴が持っているかぼちゃを見た。

「あ、これはそんなにないよ。でも、重さを感じて思い出したの」

「でも、秤《はかり》もないのに、なんでわかったんだい?」

「うちの店は、塩とか味噌とかをだいたい二貫目ずつ買ってるんだよ。それを持ったときの重さと、ちょうど同じだったの」

二貫目となると、女の手にはずしりと重い。だが、飲み屋をしていると、それくらいの重さのものは、しょっちゅう持たないといけない。

「へえ」

「偶然かもしれないけど、気になったもんでね」

これがなにかの役に立つとは思えないが、

「ありがとうよ」

源蔵は礼を言ってくれた。

三

昼ご飯を食べ終えたあと、小鈴は二階に上がってこたつをつくり、なかに足を入れたまま川柳をひねりはじめた。夏ごろ、川柳の面白さに目覚め、自分でもつくるようになった。あまりいいのはできない。母がつくったものを読み返すと、まるで勝てないと思う。

だが、川柳は人生経験がものを言うらしい。三十になるころには、なんとか『柳《やなぎ》多留《だる》』にも載るくらいになりたい。

そのうち眠くなって、半刻ほど昼寝をする。これも日課である。長い昼寝だが、これをしないと店じまいする前に疲れが出てきてしまうのだ。

ちょうど昼寝を終え、仕込みを始めようというころ、日之助がやって来る。日之助は、最近ここで店の仕事をしながら、麻布で新しい仕事を始めつつある。

それは出版の仕事だった。

「瓦版の量を増やしたやつがつくれないかと思ってさ」

瓦版はたいがい一枚摺《ず》りである。絵も入るので、記事の量はそう多くはできない。だが、それを四枚綴《と》じくらいにして、記事の量を増やすのだという。

すると、これまで簡単な紹介しかできなかったできごとも、みっちり後日談まで書き込んだものにできるようになる。

それを瓦版のように町で売るのではなく、購読を約束した家に直接届けるようにするのだという。

この考えを日之助が源蔵にすると、「それはいい考えだ」と褒め、「おれのお株を奪いやがって」と悔しがった。

もっとも日之助は記事を書いたりするのはできない。そのための書き手や摺り師などを探し、どうにか実現できるところまで漕ぎつけていた。

「日之さん。今日のお勧めはなんにしようか？」

調理場に立った日之助に、小鈴は訊いた。

かぼちゃは買って来たが、これはただの煮物にするつもりである。

「お染さんが言ってたやつ、やってみようか」

「猪の肉を煮込むってやつだね」

「ほら、四の橋の近くのももんじ屋」

「うん、近ごろできたやつでしょ」

猟師が捕った鳥や獣の肉を売る店で、買う人がいるのかと心配したが、力仕事をする者には好評で、けっこう流行《はや》っているらしい。

「じつは、今日、顔を出して来た」

「そうなの」

「二頭入ったので、安く分けてくれるって言ってた」

「じゃあ、やってみようか」

と、そこへ、猪肉の料理を勧めたそのお染もやって来た。毎日手伝ってくれていて、小鈴たちもすっかり当てにしている。

「小鈴ちゃん。例のやつ、つくって来たよ」

「猪肉のやつだね。じつはいま、日之さんとやってみようと言ってたところだったのよ」

「おいしいから食べてみて」

日之助は何度も食べたことがあるので、小鈴に先に食べるよう勧めた。

猪の肉が、赤身も脂身もとろとろになるほど煮込んである。箸で千切るようにできるので驚いた。

「ああ、おいしい」

味はコクがあるだけでなく、甘味もある。いかにも精がつきそうで、風邪の引きはじめや、治りかけの人に勧めたい。

「お染さん。考えていたんだけど、こうしてはどうかな？」

日之助は、生姜《しょうが》汁をすこし加え、お染に味を見てもらった。

「あ、これだと臭みが抜け、味もまろやかになるわね」

「だよね」

「じゃあ、今日はこれをお勧めにするね」

小鈴はそう言って、さっそく紙に書いて壁に貼った。

日之助は追加の肉を買うため、四の橋のももんじ屋に向かった。

ちょうど入れ替わりに、源蔵がやって来たのである。

「源蔵さん、治作さんの調べはどう？」

「ああ、また、ちょっと気になる話が出てきたんだ」

「なに？」

「治作の家って、吟斎さんの長屋のちょうど隣になってるんだな」

「あ、そうかも」

出入りする道は違うが、背中合わせになっているのだ。ただ、治作の家は長屋ではなく、二階建ての一軒家である。

「もしかして、昨日、治作の家で声がしなかったか、訊いてみたんだよ」

「あ、うちの父、耳がいいんですよ」

というより、目が見えなくなってから、耳が鋭敏になったらしい。

「そう。しっかり声を聞いていてくれたよ」

「誰の？」

「治作の声だったそうだ」

「なんて？」

「ありがたや！」

源蔵は声色のように言った。

「え？」

「治作は急に、大きな声で、ありがたや、と言ったそうなんだ」

「ありがたや？」

「勝右衛門が死んで、借金が消えると思い、つい出てしまったのかな」

「自分で殴っておいて？」

「それだと、ただ倒れていたのを見つけたことになるよな」

「それにしてもね」

小鈴は首をかしげた。いくら借金があったとは言え、死体を見つけてすぐ、「ありがたや」なんて言うだろうか。

四

夜になって——。

治作を心配した常連たちが今宵もぞくぞくと集まってきた。

まだ番屋に留められたままで、同心の佐野も判然としないところが多いため、源蔵には大番屋に送らず、ここでさらに調べるように告げたらしい。

小鈴が、漬け物石の重さについて話すと、

「二貫目って、なんだろう？」

「ただの偶然かな？」

「それは重要なカギになっているぜ」

などと、常連たちはああだこうだと言いはじめた。

みんな治作のために知恵を絞ってくれているのだ。

「二貫目といったら、けっこうな重さだよな。巾着をそれくらい重くしておくと、引ったくりにあっても、脱兎《だっと》のごとく逃げるというわけにはいかないぜ」

と、魚屋の定八《さだはち》が言った。

「それ、面白いね、定八さん」

小鈴がぱんと手を叩き、

「だとしたら、勝右衛門が自分で持って来ていたというのも考えられるわね」

お九がうなずき、

「そうだとしたら、近所から盗まれてもいないのに、漬け物石があったという謎は解決できてしまうわな」

ご隠居が感心して、

「あいつならやりそうだよな。引ったくり防止でいつも漬け物石を持ち歩くって」

甚太も納得した。

——いいところに目をつけた。

と、小鈴も思った。

殺された本人が石を持って来たなんて、誰も考えないだろう。この店の常連たちは、常識にとらわれない、発想の柔らかさがある。

「でも、二貫目ぴったりというのはどうなんだろうね」

小鈴が言った。

「そうだよ。重さだけなら、別段ぴったりにしなくてもいいんじゃないの」

お九も思い直した。

「それに、引ったくりを防ぐつもりなら、いつも持ち歩かなくちゃならないわけだ。あいつ、いつもそんなもの、持ってたかい？」

甚太が小鈴に訊いた。

「いつも持ってたわけじゃないよ。今日は十両、取り返してきたとか自慢げにじゃらじゃらさせていたときがあったもの。あのときも、漬け物石なんか持ってなかったよ」

小鈴がそう言うと、甚太は、

「じゃあ、定八さんの説は消えたな」

「ああ、しょうがねえな」

定八は悔しそうに言った。

「でも、勝右衛門が自分で持って来ていたというのはあると思いますよ」

小鈴は定八をねぎらうように言った。

「あの石で二貫目分のなにかを量ったのかな？」

甚太が言った。

「それはありそうだね」

天秤《てんびん》の重しがわりにしたわけである。

「殺されるような二貫目ってなんだ？　漬け物が二貫目分あっても、それで殺されるってことはないぞ」

「やっぱり金とか銀じゃないの？」

お九が言った。

「金とか銀が二貫目っていったら、凄いお金だろうね」

小鈴はそんな金や銀の塊など、見たこともない。

「凄いけど、勝右衛門なら、それくらいのお金は持っていただろうね」

甚太はそう言った。

「へえ、持ってたんだ」

それを塊にしたら、石よりはだいぶ小さくなるはずである。

五

源蔵は店じまい近くにやって来て、

「治作のやつ、やっぱりなにか隠しているんだよなあ」

と、一杯飲みながら言った。

「隠してるって、なにを？」

小鈴は訊いた。

「わからねえ。バチが当たったとしか言わねえんだが、もしかしたら、それは下手人を知ってるからじゃねえか?」

「治作さんが、自分の身を危うくしてまで隠すといったら?」

小鈴がそう言うと、

「下手人は、煙草屋のみぃちゃんだ!」

甚太が煙管《きせる》を宙に突き立てるようにした。

「そんな馬鹿な」

「だって、ほかにいねえだろうよ。あいつ、親はだいぶ前に亡くなり、兄貴は大坂にいるから、江戸に身よりはないんだぜ。まあ、おれたちは親しくはしてるけど、自分の命と引き換えにかばおうとは誰も思わねえだろ?」

「そうね」

お九がうなずいた。

「煙草屋のみぃちゃんて、どんな娘《こ》だったっけ?」

小鈴が訊いた。

「言いたくないけど、治作があそこまで入れあげるほどの娘じゃないよな」

甚太は不思議そうに言った。

「そうなの？」

「出もどりだしな」

「悪かったわね」

お九は顔をしかめたが、じっさいはたいして気にしていない。

「ほんとに出もどりなの？」

小鈴は甚太に訊いた。

「そうだよ。なんでも、ご飯を炊くのが嫌なんだと。あの炊き上がったときの匂いが気持ち悪くて駄目らしいぜ」

「意外にいるよね。我慢してるって人。つわりだったんじゃないの？」

つわりのとき、あの匂いが駄目になるという話を聞いたことがある。

「そうじゃないんだと。もともと台所仕事は嫌いだったみたいだぜ」

「じゃあ、嫁に行っても、ご飯つくったりしなかったんだ？」

「それで、通るわけないよな。結局、相手と大げんか。相手の顔をひっかいて怪我させて、追い出されたらしいぜ」

「まあ、治作さんは知らないの、その話?」

「知ってるよ。でも、惚れるとわからなくなるんだよなあ。あいつ、煙草だって、あの娘に惚れるまで吸わなかったんだから」

「相手の子はいくつ?」

「歳はまだ二十歳だけど」

「ふん。若いのね」

お九がむっとしたように言った。

「でも、源蔵さん。そのみいちゃんという子は、調べたほうがいいよ」

と、お染が言った。

「ああ、そうするつもりだ」

源蔵は素直にうなずいた。

翌日——。
源蔵が下っ引きの又八と二人で調べてみると、煙草屋のみいちゃんこと、おみよがなにやら怪しくなってきた。

殺しがあったとき、煙草屋の実家にはいなかったというのだ。

「なんか、この家にもどって来てから、あの子はしょっちゅう出て歩くし、一晩帰らなかったこともありました。しかも、ときどきいなくなるんです。親分のほうからも注意してやってくださいな」

と、おみよの母親が言った。

「どこに行ってるんだ？」

「それが、どこに行くのか、家の者にも言わないんですよ」

「新しい男でもできたか？」

「そうかもしれません。店先に座っていても、いろんな男が声をかけてきますのでね」

治作の類いは多いらしい。

「高利貸しの勝右衛門てのがいるよな？」

「ああ、はい。殺されちゃいましたね。うちで煙草を買ってました」

「ほう。ここで買ってたかい？」

「おみよが出もどって来たと知ったら、おれんところに妾奉公させないかとか訊いてましたっけ」

「なんだと」

それをおみよに言って、カッとなったおみよに殴られたというのは考えられる。

「一昨日《おととい》の夕方、おみよは、なにしてた？」

「一昨日の夕方ですか？　ああ、家にはいませんでした。夜になってから帰って来ましたね」

「そのとき、変わったことはなかったかい？」

「そういえば、漬け物石はないかって訊いてました」

「漬け物石だと！」

これには源蔵と又八は、思わず顔を見合わせた。

夜、〈小鈴〉に顔を出した源蔵は、煙草屋のおみよのことを小鈴に告げた。

「ありがたや！　って、治作は叫んだろ。それって、煙草屋のみぃちゃんがやったとわかったとき、そう言うかもしれねえよな」

「なんで？」

「惚れた女が、高利貸しの命を奪い、借金をちゃらにしてくれた。ことの重大さには思い至らず、咄嗟《とっさ》にありがたや！　と言ってしまったんだよ」

「どうかなあ」

「だが、おみよは別に治作のために殴ったわけではない。勝右衛門から妾奉公をしろなどと言われて、カッとなっただけなんだ」

「治作の家で？」

「それは、勝右衛門の申し出を断るのに、治作を利用しただけかもしれねえだろ」

「ふうん」

だが、やっぱり無理がある気がする。

「みぃちゃんのことは、治作さんに訊いてみた？」

と、小鈴は源蔵に訊いた。

「ああ、訊いたよ」

「なんて言ってた？」

「治作は顔を真っ赤にしてうつむいたんだ。それっきり、なにも言わなくなっちまったよ」

「それで終わり？」

「まさか、みいちゃんが下手人じゃねえだろうなって、カマをかけてみたら、怒ったのなんのって。なにを言うんですか、そんなことするわけないでしょうって、いきなり噛みついてきやがった。ほら、これ」

源蔵は、肩のあたりをまくって見せた。血は流れていないが、歯形が赤くついていた。

「ほんとに噛みつかれたの？」

「凄い怒りようだったよ」

「でも、そうなると……」

「かえって怪しく思えてくるよな」

なにやら、煙草屋のみいちゃん下手人説が濃厚になってきた。

六

小鈴がその道を通ったのは、あとで思えば幸運だった。

煙草屋のおみよとはなんの面識もないが、そのおみよに向かって、治作が「ありがたや!」と言ったというのは、やっぱり信じられない。治作は学問のほうは身についていないが、根は賢い男である。

ほかに下手人はいるような気がする。

捕物の名人だった星川ならどうしただろう。

「おいらは、行き詰まったらよく歩いたもんだよ」

と、星川は言っていた。

それに倣《なら》って、歩きながら考えてみようと、いつも通らない道に入ると、寺にちょっとした人だかりがあった。竜祥山天林寺と扁額《へんがく》にある。

お葬式でもしてるのかと思ったら、そうではない。ご開帳だった。

「なにを拝ませているんですか?」

と、ちょうど出てきた参拝客に訊いた。

「金の阿弥陀《あみだ》さまだよ」

「ふうん」

なんとなく、金という言葉に引っかかった。

小鈴もお参りしてみることにした。

初めて入った境内である。

本堂の横に秘仏を納めたお堂があり、格子の向こうに阿弥陀さまが鎮座している。

ぴかぴか光るせいか、あまりありがたい感じはない。

そう大きくはない。せいぜい一尺（約三十センチ）ほどだろう。

「あれって、重さはどれくらいあるんですか？」

近くにいた住職らしい坊さんに訊いた。

「二貫目だよ」

「二貫目！」

思わず声を上げた。

「なに、そんなに驚いているんだい？」

「純金で二貫目もあるんですか？」

本当は、漬け物石と同じことに驚いた。

坊さんはいかにも自慢げに、

「百年ほど前、当寺の檀家のお一人が、二貫目の金の塊を持って来て、これを役に立ててくれと言われたのじゃ。それで、阿弥陀さまをつくることにし、江戸の民の幸せを願ったのさ」

「へえ」

「阿弥陀さまは、しばしば奇跡を起こされるんだよ」

大真面目な顔で言った。


小鈴は、秘仏が納められたお堂をじっくりと見た。

四畳半の部屋に屋根をかぶせたくらいの大きさである。ただし、独立した建物ではなく、本堂などとも廊下でつながっている。お堂の中にあるのは、どうやら阿弥陀さま一体だけらしい。

お堂の後ろは窓になっていて、向こうの景色が見えている。

だが、裏に回ってみると、窓の下はえぐられたようなかたちになっていて、しかも真下には池がある。この池はけっこう深《ふか》そうである。

つまり、裏からあの金の阿弥陀さまを盗《と》って逃げるのは難しそうである。

また、こっち側は格子窓になっていて、これはかなり頑丈そうである。

――阿弥陀さまを盗むのは難しそう。

そうは思ったが、二貫目という一致がどうにも気になった。

七

小鈴は家にもどってからも考えている。

金の阿弥陀さまも二貫目。

漬け物石も二貫目。

これはどういうことだろう。

頭の中に天秤を思い浮かべた。一方に阿弥陀さま。もう一方に漬け物石。どことなくのどかな光景である。

当然、ちゃんとつり合う。

これを頭の中で、くるりと回してみた。

漬け物石が向こうに行き、金の阿弥陀さまがこっちに来た。

「盗まれた？」

だが、あそこでは今日もご開帳がおこなわれていた。ということは、まだ盗まれてなんかいない。

待てよ。

贋物《にせもの》をつくって、まず漬け物石と本物を交換する。本物の金の阿弥陀さまはこっちに来る。

次に、贋物を載せ、漬け物石と交換する。本物と、漬け物石はこっちにある。

いや、これはおかしい。

そんなことをするなら、単に贋物と本物を交換するだけでいい。なにもわざわざ漬け物石なんか使う意味はない。

考えれば考えるほど、頭の中は混乱した。

昼どきになって、お昼はなにを食べようと思っているところに、源蔵が坂を上がって来て、

「残念だが、煙草屋のおみよは、下手人じゃなかったぜ」

と、言った。

「わかったんですか」

「あいつ、飛び出してきた家の亭主と、よりをもどしていたんだ」

「え、そうなの」

「飯はつくりたくない。だったら、通って来ればいいということになり、いま、飯をつくらず、夜とか昼間とかだけ、通っているんだ」

たいした嫁もいるものである。

だが、当人同士がよければ、他人がとやかく言えることではない。

「漬け物石のことは？」

「おみよもちっとは反省し、やっぱり飯くらいつくらないとまずいと思ったらしいな。だから、飯の匂いに我慢する稽古と、漬け物を漬ける稽古を始めることにしたんだとよ。それで、漬け物用の石を探していたらしい」

「なぁんだ、そういうことね」

八

となると、あの漬け物石の謎を解くしかない。

天林寺の秘仏のことを源蔵に伝えて、

「ねえ、源蔵さん。ほんとに二貫目あったのかな？」と、小鈴は言った。

「どういうことだい？」

「二貫目あるとずっと言われてきたけど、途中、なにかの都合で中の金をどんどんくりぬいて使ってしまったとするよ」

「そりゃあ、あるな。天林寺の住職は、ここらじゃ遊び人で有名だぜ」

「そうなんだ。だったら、じっさいにはほとんどぺらぺらの、紙張り子に金メッキみたいな阿弥陀さまになってるかもしれないよね」

「すると、どうなる？」

小鈴はさらに考えて、

「でも、勝右衛門はそのことを知らないで、秘仏を盗んでやろうと、贋物をつくった。それは、阿弥陀さまが二貫目と信じてつくったから、当然、二貫目あるよね。それで、あのお堂からは持ち出しにくいから天秤を使って、本物と贋物を交換しようとしたら、まったくつり合わないわけよ」

「なるほど。するると、寺にも勝右衛門の仲間がいなくちゃならねえぜ」

「いるのよ」

小鈴がそう言ったとき、日之助が入って来た。

日之助は無理に話に入ってこようとはせず、黙って聞いている。いつもそうである。それでしばらく聞くうち、聞いていなかった分もだいたいわかってしまうのだ。

「それで、贋物の阿弥陀さまと重さを合わせるため、こっち側の男は急いで周囲を見回したの。すると、ちょうどいい重さのものがあった」

「漬け物石か」

「そうよ。それで、こっちの天秤に急いで薄くなった秘仏と、漬け物石を載せ、くるりと回して、向こうにいる勝右衛門に渡したわけ」

「すると」

「勝右衛門のほうには、薄っぺらな秘仏である本物の仏と、漬け物石が来た。どういうことかと憤慨したが、騒いでいると盗みがばれてしまうわよね。とりあえず、わけがわからないまま、まずはそれを持って、治作さんのところに借金の催促にやって来た。そこへ、寺のほうの仲間が追いついてきて、喧嘩になり、勝右衛門が持っていた石で殴った」

「なるほど」

「それより詳しくは、下手人じゃないとわからないよ」

小鈴がそう言うと、

「それだと、漬け物石のことは矛盾がなくなるね」

日之助がわきから言った。もう、だいたいの話は見当がついたらしい。

「まずは、そういうことができそうか、見に行ってみよう」

ということになった。

ちょうどやって来たお染もいっしょに、四人でぞろぞろと天林寺にやって来た。

ご開帳といっても、有名な寺ではないから、いまごろの刻限は、参詣客もぱらぱらとやって来るくらいである。

「これなら、ちょっとした隙に取り替えるくらいはできそうだな」

源蔵が言った。

「そうでしょ。持ち出すのではなく、取り替えるだけだからなおさらよ」

小鈴はそう言いながら、裏へ回った。

「ほら、見て。あの枝のところ」

指差したのは、池の上まで横に張り出した松の枝である。ちょうど池の上あたりに、紐で輪が結ばれている。

「なるほど。あそこに物干し竿《ざお》で差し込むようにすると、天秤ができますね」

と、日之助が言った。

「うまく回せるかね」

源蔵が首をかしげると、

「大丈夫でしょう。細い紐だし、距離も池の反対側から窓のところまでちょうど物干し竿くらいの長さですよ」

と、日之助は言った。

「日之さんが言うんだから間違いねえ」

源蔵が、これはさすがに小声で言った。

「それは言いっこなしですよ」

「やれるよ、小鈴ちゃん」

源蔵の意見もそっちに傾いた。

「ほら、見て」

小鈴がお堂につながっている廊下のほうを指差した。さっき来たときは戸が閉まっていて見えなかったが、漬け物の樽がずらっと並んでいた。

「そうか。宿屋じゃなくても、お寺だったら客用に漬け物をいっぱいつくっておくわな」

「でも、おかしいよ、お前さん」

お染が首をかしげた。

「なにが？」

「だったら、あそこにあるのは贋物ってことでしょ。寺ではこんなふうにご開帳なんかつづけるかい？」

「するに決まってるさ。いちおう重さはかなりの物を使い、メッキどころか、ちゃんと金をかぶせてあったりするのさ。しばらくはばれないように、それくらいちゃんとした贋物をつくったんじゃないかな」

源蔵がそう言うと、

「だからあの住職、阿弥陀さまは奇跡を起こされるとか言ってたんだ！」

小鈴は呆れた声で叫んだ。

九

寺の捕物は寺社方の管轄で、正式に筋を通したりしていくと、面倒な話になる。

だが、麻布あたりまで来れば、どちらにも顔が利く岡っ引きが話をつけ、なあなあで処理してしまう。

なにせ、ことは殺しである。

天林寺のほうも妙な隠し立てはやめ、お堂をうろうろしていた寺男の梅吉《うめきち》を差し出してきた。

経緯はほぼ小鈴が推察した通りだった。

高利貸しの勝右衛門は、やはり金を貸していた梅吉に、二貫目もある純金の秘仏の盗みを持ちかけた。

「バチが当たる」

と、怯えた梅吉だが、

「だったら金を返せ」

勝右衛門に催促されれば、言うことを聞かないわけにはいかない。

仕掛けを考えたのは勝右衛門で、贋物より安っぽい本物を摑まされ、

「せっかくの仕掛けも無駄になった」

と、激怒した。

「おめえが早く秘仏の安っぽさに気がつくべきだった」

「そんなこと言われても、和尚さんが触らせてくれねえもの」

そうした責め合いから、勝右衛門は持ってきた石で寺男を殴ろうとし、逆に取り返されて、殴られて死んだ。

ちょうどそこへ、治作がもどってきたので、梅吉は急いでへっついの陰に隠れ

た。

治作は金を借りていた高利貸しの勝右衛門が血を流して死んでいるのを見、しかもわきに金の阿弥陀さまがあったものだから、

「ありがたや！」

と、叫ぶと、番屋に駆け出して行った。

バチを当ててくれたのだと、咄嗟に思ったらしい。

寺男の梅吉は、いちおう薄っぺらの阿弥陀さまを拾い、懐に収め、そこから逃げ出した。

一方——。

治作は、下手人は阿弥陀さまと思い込んだ。

自分たちの借金をチャラにしてくれるため、自分の長屋に降臨したのだと。

せっかく阿弥陀さまが、悪党を懲らしめてくれたのだから、阿弥陀さまが下手人だとは言えない。

「バチが当たったんだ」

と繰り返すだけだったのだ。

十

一昨日につづき、今日もお勧め料理になった猪の煮物は、三日も閉じ込められていた治作にはたまらなくおいしいものだったらしい。なんと五人前をぺろりと平らげた。

「いやあ、シャバの味はたまらんな」

「おめえが、阿弥陀さまがいたと言わねえから、あやうく獄門首になるところだったんじゃねえか」

甚太が治作をなじった。ほんとに心配していたのである。

「言えるかよ、そんなこと」

「そうだよな。高利貸しの借金を、阿弥陀さまがチャラにしてくれたと思い込んだら、阿弥陀さまがやったとは言えないよな」

「逆に、阿弥陀さまがやったと言っていたら、いかにも嘘臭くて、治作はますます疑われたんじゃないの」

と、お九が言った。

「そうだね。あたしも、治作さん、とうとうおかしくなったのかと思って、あまり突っ込んだりしなかったかも」

それは小鈴の正直な気持ちである。

「小鈴ちゃんのおかげだぞ」

甚太が治作の頭を叩いて言った。

「そんなこと、ないよ。皆、いろんな知恵を出してくれたからだよ」

小鈴はほんとにそう思う。

皆、真実を知りたいのだ。

目の前の謎は解き明かしたい。

お上のすることにおかしなことがあれば、それもやっぱり解き明かしたい。町の片隅のこんな小さな飲み屋でも、皆、そう思っている。

——そうだよね、母さん。星川さん。

小鈴は天井のあたりを見た。星川がよく、そうしていたように。

改革の締めつけは、さらに厳しくなってきている。だが、遠山金四郎の脅しが利いているらしく、〈小鈴〉にも吟斎にも、おかしな手出しはしてこない。

「おいら、やっぱり小鈴ちゃんに鞍《くら》替えしようかな」

と、治作が赤い顔をして言った。

「おめえ、煙草屋のみいちゃんに惚れてんだろうが」

甚太が叱るように言った。

「いや、やっぱり煙草買わされてるだけってわかったし」

「しかも、前の亭主とよりをもどしたみたいだしな」

すると、お九がふいに真面目な顔になって、

「駄目だよ、小鈴ちゃんには日之さんがいるんだから」

と、言った。

「え、あたしに日之さんが」

小鈴は振り向いた。

「そんなこと……」

前に星川にも言われたが、まるでぴんと来ない。正直、いままでだったら好きになる男ではない。かつて大好きだった平手造酒《ひらてみき》とは正反対の男だろう。

「いやいや、日之さんはないでしょう」

治作が自信ありげに言うと、

「おれも、それはないと思う」

「あたしもそれは……」

常連たちは皆、それはないと予想しているらしい。

日之助は調理場の奥で、静かに微笑むばかり。

——でも、もし、こうやってあたしが働く後ろに日之さんがいなくなったら……。

小鈴はそう思ったら、すこしどきどきした。

人生はほんとに意外なことが起きる。自分の気持ちの中にもなにが起きるかわからない。

——あたしの将来もやっぱり謎。

また、お客が入って来た。

「いらっしゃい！」

小鈴の明るい声が響いた。

『巴里物語』はこの世から消えた。

だが、物語は小鈴の頭、いや心根の中に刻み込まれている。

麻布一本松坂の小さな飲み屋。

ここの若い女将が、妖怪と呼ばれた南町奉行鳥居耀蔵の苛烈な弾圧にも屈せず、その後も幾人かの蘭学者の逃亡を助けたという。

「女だてらに。あの妖怪と戦って」

麻布界隈の人たちがそう噂をした、これはペリーがやって来るすこし前の、江戸の片隅の小さな物語——。


〈完〉

この作品は書き下ろしです。

町《まち》の灯《あか》り

女《おんな》だてら　麻布《あざぶ》わけあり酒場《さかば》10

風野真知雄《かぜのまちお》

平成25年12月5日　初版発行

発行人——石原正康
編集人——永島賞二
発行所——株式会社幻冬舎
〒151-0051東京都渋谷区千駄ヶ谷4-9-7
電話　03(5411)6222(営業)
　　　03(5411)6211(編集)
　　振替00120-8-767643
印刷・製本—図書印刷株式会社
装丁者——高橋雅之

幻冬舎時代小説文庫

ISBN978-4-344-42127-1　C0193　か-25-14

幻冬舎ホームページアドレス　http://www.gentosha.co.jp/
この本に関するご意見・ご感想をメールでお寄せいただく場合は、
comment@gentosha.co.jpまで。